異世界から聖女が来るようなので、邪魔者は消えようと思います３

蓮水　涼

JN083984

22858

角川ビーンズ文庫

Contents

ウィリアム・フォン・シャンゼル
シャンゼル王国王太子。常に笑顔で、甘いマスクに甘い声——だが、裏の顔がある？
異世界から聖女が来るようなので、邪魔者は消えようと思います
フェリシア・エマーレンス
グランカルスト王国第二王女。前世で知った乙女ゲームの世界に転生。薬草毒草に興味があり、薬の調合が得意。

Characters

人物紹介

アイゼン

フェリシアの兄。
グランカルスト王国の
国王に即位。

サラ

乙女ゲームのヒロイン。
黒髪・黒目の
異世界から来た聖女。

ダレン

医師。見た目は屈強な
男性だが、中身は乙女。

ライラ

フェリシア付きの騎士。

フレデリク

近衛騎士。

Isekai kara Seijo ga
kuruyou nanode,
jamamono ha kieyou to
omoimasu

本文イラスト／まち

プロローグ

グランカルストの第二王女フェリシア・エマーレンスは、自他共に認《みと》める薬草・毒草好きの変わり者である。そして前世の記《き》憶《おく》を持つという珍《めずら》しい人間だ。

おかげでこの世界が前世でいう乙女《おとめ》ゲームの世界で、自分がそのゲームの死亡エンドしかない悪役であることを思い出した。

ならばと、邪魔者《じゃまもの》は逃《に》げて消えようとしたのだが、なんとびっくり、なぜか自分を殺すはずだった婚約者《こんやく》――シャンゼルの王太子ウィリアム・フォン・シャンゼルに好きだと告《い》われ、別の意味で捕《つか》まっていた。

つまり、何が言いたいのかというと。

「ごめんなさい、ジェシカ。今のよく聞き取れなかったわ。誰《だれ》と誰の結婚式があるって？」

「で、ですから、フェリシア様と、王太子殿下《でんか》のですよ！」

「へぇ、私と殿下の……結婚式⁉」

前世合わせてウン十歳。薬学も修める決して馬鹿《ばか》ではないフェリシアは、しかしどこか抜《ぬ》けているのだった。

第一章＊全部フラグのせいなんです！

「ぶっ、ははは！　マジっすか王女さん。本気で殿下との結婚、忘れてたんですか？　それ馬鹿なんですか、それとも天然なんですか？」

高級絨毯《じゅうたん》の上で笑い転げる元暗殺者もとい己《おのれ》の影《かげ》の護衛であるゲイルを、フェリシアはきつく睨《にら》んだ。いつもならこうなった彼に対して完全に無視を決め込むのだが、今はそうも言っていられない。

フェリシアに与《あた》えられた広い私室には、部屋の主《あるじ》であるフェリシアはもちろんのこと、筆頭護衛騎士《きし》のライラ、専属侍女《じじょ》のジェシカと続き、渦中《かちゅう》の婚約者であるウィリアムがいる。

今日も今日とて、彼の美貌《びぼう》に隙《すき》はない。染《し》み一つない肌《はだ》、高い鼻梁《びりょう》、仄《ほの》かに色づく薄《うす》い唇《くちびる》。柔《やわ》らかそうな黒髪《くろかみ》を右側だけ耳にかけている姿は、ほんのりと色気が漂《ただよ》う。

けれど、中性的な顔をしているくせに、しっかりと存在を主張する喉仏《のどぼとけ》や、骨張った大きな手は大人の男を感じさせて、そのギャップがまたたまらない。

いつもなら（くっ……今日もイケメンね）なんて内心で一人楽しんでいるところだが、

残念なことに今日はそんな余裕《よゆう》もない。

対面に座って優雅《ゆうが》に紅茶を飲む彼は、いつものように微笑《ほほえ》んでいる。

けれど、フェリシアは知っていた。その微笑みが、彼の仮面であることを。海千山千の猛者《もさ》たちと渡《わた》り合うため、彼が身につけた処世術であることを。

最近はだんだんと本物の表情と見分けられるようになってきたそれは、完全に目が笑っていなかった。

ウィリアムが静かに磁器のカップをソーサーに置く。

「フェリシア」

「は、はいっ」

「では逆に訊《き》くけれど、君は私を何だと思っていたの？」

「も、もちろん婚約者ですわ」

「よかった。そこを自覚されていなかったらどうしようかと思ったよ。それで？　婚約者の定義は？」

「結婚を約束した相手ですわね」

答えながら、フェリシアは背中に流れる冷や汗《あせ》を自覚している。彼は怒《おこ》っている。いや、拗《す》ねている、といったほうが近いだろうか。

しかし、今回はどう考えても自分が悪いので、嫌味《いやみ》のような質問も甘んじて受けることにした。

「婚約者の定義も合っているね。じゃあなぜ結婚式と言われて、青天の霹靂《へきれき》のような悲鳴を上げたんだろうね？　君は」

うっ、と喉に言葉を詰《つ》まらせる。実際に結婚式の話を聞いて驚《おどろ》いたとき、近くにウィリアムはいなかった。が、面白《おもしろ》がったゲイルが全《すべ》てを彼に報告してしまい、現在の緊急《きんきゅう》お茶会が開かれているという次第《しだい》である。

ウィリアムは、ちょうど朝の会議が終わったところだったらしく、ゲイルの報告を聞いて飛んできた。そんな彼の後ろから注がれる、宰相《さいしょう》の視線。痛いどころではない。

以前、前財務大臣の息子《むすこ》が起こした事件で活躍《かつやく》してくれた有能なその男――ゴードンは、見間違《みまちが》いでなければ、フェリシアを呆《あき》れた目で見ていたような気がする。結局すぐに仕事に戻ってしまったが、その背中に言い訳が許されるなら、フェリシアはこう主張したい。

――だってそれどころじゃなかったのよ！

異母姉《ブリジット》との長年の確執《かくしつ》に決着をつけ、魔物《まもの》に取り憑《つ》いた瘴気《しょうき》を浄化《じょうか》する薬――浄化薬を完成させたのは、最近のことだ。

それは現在も研究中で、特に、浄化薬を作るために肝《きも》となる薬草《ルアル》の栽培《さいばい》には苦戦している。

浄化薬自体も、固形物を飲ませるというやり方ではとても実用的とは言えないため、改良中だ。

そんなこんなで日々を忙《いそが》しく過ごしていたフェリシアは、現状に満足してしまっていたのである。

現状——ウィリアムと、互《たが》いの時間が空いたときにお茶をし、外に出かけ、ゆっくりと二人の時間を楽しむことができる毎日に。

そのせいで、先のことなんて考えていなかった。

「フェリシア、私は確か、君が最初にこの国に来たときに言ったはずだよ。『半年後の結婚式までは婚約者ですが』と。どうやら君との結婚を待ち望んでいたのは、私だけだったようだね」

ウィリアムが寂《さび》しそうに微笑む。

これも彼が意図的に作った表情だ。わかっている。わかっているけれど、ここ最近彼の表情を読むことに慣れてきたフェリシアの目は、その中に混ざり込んだ本物の哀情《あいじょう》を見つけてしまった。

「ご、誤解ですわ！　えっと、私だって結婚したくないわけじゃなくて、ただ、ウィルと過ごせる今が幸せで、それだけでいっぱいいっぱいだったというかっ。その、どう言えば伝わるのかわからないんですけど、とにかく！　私だって本当はちゃんと、ウィルと結婚したっ——」

――いです。と続けるより先に、はたと我に返った。

いつのまにか強く拳《こぶし》を握《にぎ》りしめ、座っていたソファから立ち上がっている。

(私ったら、今何を口走ろうとしたの!? 危《あや》うくみんなの前で、プ、プロポーズみたいなこと……!)

誤魔化すため、ごほごほっと無駄《むだ》に咳払《せきばら》いをして、何事もなかった風を装《よそお》いながらソファに座り直す。

もう一度、ごほんと咳をしてから。

「つまりですね? 私も、嫌だから忘れていたわけじゃないということです」

「ふっ、くく、うん、そうなんだ?」

たまらずといった体《てい》でウィリアムが口元を押さえた。込み上げるおかしさを堪《こら》えるようなその仕草に、フェリシアは一瞬《いっしゅん》きょとんとして、すぐにハッと気づく。

「まさか殿下、私を揶揄《からか》ったんですか!?」

「いや、揶揄ってはいないよ。ただほら、結婚式を忘れられていたことは、私も普通《ふつう》にショックだったからね。だからぜひとも君の口から聞いておきたい言葉があるなって。でも安心したよ、私の想像以上の言葉をもらえたから」

彼が嬉《うれ》しそうに笑った。自然な、素《す》の表情で。

そのせいだろう。まんまと乗せられて悔《くや》しいのに、どこかほっとしている自分がいる。

彼が幼少の頃《ころ》から身につけたという仮面は、ちょっとのことでは崩《くず》れない。けれど、その笑顔《えがお》の仮面が、フェリシアはたまに心配だった。その仮面の下、何か無理をしていないか、何か隠《かく》していないか。全てを理解できればいいけれど、それはきっと、誰《だれ》であっても難しいから。

ならせめてと、フェリシアは思う。

せめて、彼が素の感情を吐《は》き出せる存在でありたい。

「……もう、殿下は相変わらず意地が悪いですわ」

頬《ほほ》を膨《ふく》らませる。けれど、彼の意地悪を怒りきれない自分を、彼はきっと見抜《みぬ》いてしまうだろう。

それでもよかった。それでよかった。だって。

「そうだね。でも仕方ないよ。君の反応がかわいいから」

そう言ってフェリシアを見つめる彼の眼差《まなざ》しが、疑いようもなく愛《いと》しさを告げてくれるから。それもあって、たまの意地悪なら、フェリシアもついつい許してしまう。

満足したらしいウィリアムは、ここで持参した紙の束を侍従から受け取ると、フェリシアの前に差し出した。

「さて、ちょうどいい機会だから、結婚式《けっこんしき》について教えておこうかな。予定ではどのみち、そろそろ君にも動いてもらうつもりだったから」

フェリシアは、無意識に姿勢を正すと、真面目《まじめ》な顔でこくりと頷《うなず》いた。

「シャンゼルではね、結婚式の準備は花婿《はなむこ》側の母親が取り仕切ることになっているんだ。だから私たちの場合は王妃《おうひ》殿下になる。基本的なことはあの人に任せておけばいい。そういう理由から、フェリシアには今の今まで話を入れていなかった」

ただ、とウィリアムは続けて。

「ドレスだけは、君が選んでほしい。本当はそれも花婿側の母親が選ぶのがしきたりだけれど、最近はそうじゃないことも多い。私としてはフェリシアにはフェリシアの好きなものを着てほしいと思っているし、グランカルストではそうだと聞いている。それに、あの人にフェリシアの良さを理解したドレスが選べるとも思えないしね」

「ですが、王妃殿下はそれで納得《なっとく》してくださってますの？」

「大丈夫《だいじょうぶ》。このことはちゃんと伝えてあるよ」

「……伝えてあるんですか」

「うん。伝えてあるよ」

「ご納得は、いただけました？」

「おそらく」

とっても良い笑顔だった。眩《まばゆ》いくらいの作り笑顔だ。

フェリシアが訊き返さなかったら、言葉の綾《あや》で済ませるつもりだったに違いないとわかる。

こちらだてに腹黒の婚約者はやっていないのだと、半目で反抗《はんこう》した。

「殿下、私を思ってそうしてくれたのは嬉しいですけど、勝手に伝統を崩す必要はないですよ？」

だってそれでウィリアムが何か言われるほうが、フェリシアにとっては嫌《いや》だから。

彼にもその思いが伝わったのか、作られた表情が少しだけ和《やわ》らぐ。

「ありがとう、心配してくれて。でも本当に大丈夫だよ。王妃殿下はたとえそれがどんなことであれ、もともと口を出すことなんてほぼないからね。今までもずっとそうだった。このことを書簡で伝えたときも、案の定、特に何も返事はなかったくらいだ」

「そうなんですか？　でも念を押しますが、それがシャンゼルでの慣習でしたら、私は本当になんでも構いませんよ？」

フェリシアが遠慮《えんりょ》するように言うと、ウィリアムは一つ頷いて、

「わかった。じゃあ私が構う」

攻《せ》め方を変えてきた。

「私が嫌だ。他人《ひと》が選んだものより、フェリシア自身が私との結婚式で着たいと思ったものを着てほしい。一応、いきなり言われても困るだろうと思って、カタログは持ってきたから。それがそうだよ」

先ほど渡《わた》された紙の束を指される。フェリシアはパラパラとめくってみた。

「そこから選んでみて。それで見つからないようなら、他《ほか》のものをまた取り寄せるから」

「え、えーと。どうしてそんなに……」

そんなに、拘《こだわ》るのだろう。

興味のあること以外には無頓着《むとんちゃく》なフェリシアは、ドレス自体は本当にどれでもいいのだが。

その考えを見透《みす》かしたように、ウィリアムが答える。

「正直なことを言うと、フェリシアが結婚式のことを忘れているのは、薄々《うすうす》気づいていたんだ」

「えっ」

なんかごめんなさいと、視線を横に逃《に》がす。

「ただそれは、結婚そのものというより、結婚式という行事に興味がないからなのかなと思ったんだけれど、どう？　当たっている？」

ドキッと心臓が跳《は》ねた。

図星すぎて、横に逃がしていた視線を今度は下に落とす。

観念したフェリシアは、その通りですわ、と肩《かた》を下げて頷いた。

確かに自分は、いつかウィリアムと結婚したいとは思っていたが、それは彼とずっと一《いっ》緒《しょ》にいたいからだ。

そのための手段が結婚だと知っていたから、彼と結婚したいと思っていた。

だから、結婚〝式〟には、正直そこまで憧《あこが》れはない。

「ならなおさらドレスは君に選んでほしい。君が、君だけが、私の花嫁《はなよめ》になれることを自覚してもらうためにね。そしてその日をもって、君が紛《まぎ》れもなく私のものになって、私が君のものになることを、選びながら実感してもらうためにもね」

これは、どういう反応を返せばいいのだろう。下手なプロポーズより恥《は》ずかしくて、妙《みょう》に胸がそわそわして、顔に熱が集まってくる。

彼のタチが悪いところは、フェリシアがそうやって恥ずかしがると、それを楽しむところだ。

やはりというべきか、彼は自分の美貌《びぼう》を活《い》かして、誰をも魅了《みりょう》する妖《あや》しさで口角を上げた。

「ちなみに、これは知っている？　ドレスが白色なのは、花嫁がまだ何者にも染まっていない、無垢《むく》であることを証明するということを。――君がどんな思いでそれを選ぶのか、楽しみにしているよ」

「へぁっ!?」

いきなり爆弾《ばくだん》を放《ほう》り込まれて、フェリシアの頭が爆発した。残念ながら前世合わせてウン十歳、何も知らない無垢ではない。

そうでなくとも、本来であれば、結婚がどういうものかは母親か教師がちゃんと教えてくれるものなのだ。

フェリシアを見つめてくる紫《むらさき》の瞳《ひとみ》が、どこか生き生きとしている。これは……。

（また人のこと揶揄《からか》ってる……⁉）

寝室《しんしつ》のクッションを今すぐその美貌に投げつけてやりたくなった。

最後、「また来るね」と満足そうに頰にキスを残していった彼を、フェリシアは内心で天性の鬼畜《きちく》と呼ぶことにした。

ウィリアムが去ったあと、部屋には微妙《びみょう》な空気が流れていた。それもそうだ。ウィリアムの甘い攻撃《こうげき》に撃沈《げきちん》したフェリシアが、テーブルに突《つ》っ伏《ぷ》して動かないのだから。

そして主《あるじ》の気持ちを察したライラたちは、余計なことを言わないよう、努めて無言を貫《つらぬ》いてくれている。ありがたい。

しかし一人だけ、空気は読めるけれど気は遣《つか》わない従者が、じーっと自分を凝視《ぎょうし》していることに気配で気づく。

「ゲイル、今私を揶揄ったら、あとでトリカブト《とりかぶと》をお見舞《みま》いするわよ」

「え、嫌っすよ。王女さんと違《ちが》って俺、自分に毒を盛る趣味《しゅみ》はないですよ」

くわっ、と伏《ふ》せていた顔を上げた。

「知ってるわよ！　だからお見舞いする意味があるんじゃ――って何よその顔……っ」

ゲイルはにたぁと目を細めていた。もうその表情だけで人をおちょくっている。

「王女さん、顔真っ赤っすねー。よりにもよって結婚式《けっこんしき》を忘れるからですよ」

「告げ口したのはどこの誰《だれ》かしらね⁉　もう嫌っ、あなたいつまで私の護衛なの……」

さー、いつまででしょうねーと能天気な男が恨《うら》めしい。

はぁ、とまたテーブルに顔を伏せた。

行儀《ぎょうぎ》が悪いことはこの際気にしない。今ここには気の置けない人間しかいない。

ので、フェリシアは力なく項垂《うなだ》れる。伏せた顔を横に向けて、ウィリアムが去っていった扉《とびら》を見つめる。

ぽつりと、なんとはなしに呟《つぶや》いた。

「殿下《でんか》、王妃殿下と喧嘩《けんか》でもしたのかしら」

唐突《とうとつ》な呟きに、ゲイルが首を傾《かたむ》けた。端《はし》に控《ひか》えていたジェシカも、フェリシアの意図を確認《かくにん》するように小首を傾《かし》げている。

だって、と答えるように口を開く。

「殿下、他人って言ったのよ、王妃殿下のこと。そのときの目が、少しだけ冷たかったから」

感じたことをそのまま伝えると、ゲイルとジェシカは、さらに謎《なぞ》を与《あた》えられたように首を捻《ひね》った。

しかし、一瞬《いっしゅん》だったけれど、フェリシアは確かに見たのだ。あのときの彼の瞳に、わずかな温度さえ灯《とも》っていなかったところを。

最近ようやく彼の素《す》の表情を見分けられるようになってきたフェリシアだから、もしかすると気づけたのかもしれない。

まあ、指摘《してき》するほどではなかったから、あのときは何も言わなかったけれど。

すると、これまでずっと黙《だま》っていたライラが、ここで初めて声を出した。

「王女殿下のその勘《かん》は、ある意味で正しいです。王妃《おうひ》殿下と王太子殿下は、喧嘩はしていませんが、ずっと冷戦状態です」

「冷戦？　そうなの？」

なんだか喧嘩より冷えた関係性が出てきて、少しだけ驚《おどろ》く。

ゲイルが「そういえば」とライラの後を引き継《つ》いだ。

「俺、殿下が王様や王妃様と談笑《だんしょう》してるところなんて、見たことないかも」

そう言われるとそうね、とフェリシアも頭の片隅《かたすみ》で過去を遡《さかのぼ》る。ただフェリシアもゲイルも、まだ彼と出会って日が浅い。そういうこともあるだろうと思ったが。

「私も仕事以外の会話は聞いたことがありません」

ウィリアムと長い付き合いだろうライラが肯定《こうてい》したため、信憑性《しんぴょうせい》が増してきた。

「で、ですが、王太子殿下が国王陛下や王妃殿下と不仲だなんて、私は聞いたことないですよ？」

ジェシカは、最近フェリシアの専属侍女《じじょ》になった令嬢《れいじょう》だが、貴族なので噂《うわさ》には敏感《びんかん》だろう。

もともと城のメイドだった彼女だが、偶然《ぐうぜん》の出会いをきっかけに、その素直さを気に入ったフェリシアが自分付きに抜擢《ばってき》した経緯《けいい》がある。美しいものを見ると興奮するという面《おも》白《しろ》い癖《くせ》もあり、そんなところもかわいくて気に入っていた。

「それはまあ、不仲ではありませんから。特に喧嘩をしている姿を見るわけでもなければ、以前伺《うかが》った王女殿下のご兄姉《きょうだい》ほど、激しい攻防があるわけでもありません」

ライラの言葉に思わず苦笑してしまったフェリシアである。

でも、前世の記憶《きおく》がある身としては、あれを基準にするのもどうかと思う。

「うーん。私の家族は少し――いえ、だいぶ？　おかしいから、あまり参考にはならないと思うわ。でもそうね、だからってわけじゃないけれど、オルデノワ王国での一件については、それもあってあまり驚かなかったわね」

オルデノワ王国での一件。それは、オルデノワ王国の王妃となっていた姉から、フェリシアが本気で殺されそうになった事件のことだ。

といっても、姉がフェリシアを殺そうとするのは、そのときが初めてではなかった。昔からよく毒を盛られたり、嫌《いや》がらせをされたりと、散々な目に遭《あ》っている。

それまではそんな姉と向き合うことから逃《に》げていたが、ウィリアムの存在に背中を押されて、フェリシアはようやく姉と決着をつけることができたのだ。

そうして考えるのは、今もまだ決着をつけられていない、異母兄《いぼけい》のアイゼンについて。

ある時期を境に嫌がらせの筆頭者となったアイゼンだが、フェリシアがシャンゼルに来てからは――正確には、ウィリアムの婚約者になってからは、兄の奇行《きこう》が目立つようになっている。

まず、他国の視察という名目で、追い出したかったはずの妹《フェリシア》に会いに来た。

(あのときはまだウィルとサラ様が両想《りょうおも》いだと思ってたから、あわや婚約破棄《はき》されそうになっている嫌《きら》いな妹を、確実に押しつけるために牽制《けんせい》しに来たと思ったのよね)

フェリシアが前世で知った乙女《おとめ》ゲームは、この世界が舞台《ぶたい》だ。

そしてフェリシアは悪役で、ヒロインである聖女サラと、攻略《こうりゃく》対象者であるウィリアムとの恋愛《れんあい》を邪魔《じゃま》する存在だった。

フェリシアのデッドエンドなんて知らない兄は、そうして婚約破棄されて出戻《でもど》るだろう妹を厭《いと》い、わざわざシャンゼルに来たのだと思っていた。

(でも、魔物から助けてくれたわ)

それも、命がけで。自らの怪我《けが》などお構いなしに。

（それにたぶん、心配も、してくれた）

魔物に向かっていこうとしたフェリシアを止めたのは、アイゼンだ。動くな、と。

それが意外で、思わず「お兄様は、わたくしを殺したかったのではなくて？」と訊《たず》ねたら、そんなことはないというような答えが返ってきたことを覚えている。

それからだ。兄の考えていることが解《わか》らなくなったのは。

結局それ以来会えていない。兄はその後一度だけシャンゼルに来たようだが、フェリシアには会ってくれなかった。

（もう正直、お兄様が何をしたいのか全然わからないのよね）

シャンゼルに来る前の自分は、兄の嫌がらせが自分を疎《うと》んでのものだと信じて疑わなかった。

けれどウィリアムと婚約して、色々なことがあって、今では兄の真意がどこにあるのか迷子になっている。

嫌がらせだと思った婚約は、蓋《ふた》を開ければそうでもなくて。

ウィリアムとの幼い頃《ころ》の記憶を思い出せば、フェリシアは余計に悩《なや》むようになった。

（お兄様は、私とウィルが幼い頃に出逢《であ》っていたことを知ってたようだし）

母が死んで、まだ一年経つか経《た》たないかという頃。

初めて出逢った他国の王子様。それがウィリアムだった。自分とも分け隔《へだ》てなく接してくれる彼の態度が嬉《うれ》しくて、焦《あせ》るようにたくさん遊んだ。きっとこの時間が長く続くことはないと、幼いながらに理解していたからだ。

彼には「忘れないで」と言われたけれど、フェリシアはつい最近までその約束を忘れていた。

だって、この素晴らしくも残酷《ざんこく》な世界で生きていくには、彼との思い出は優《やさ》しすぎたから。それを抱《かか》えて生きるには、フェリシアの置かれた環境《かんきょう》はあまりにも過酷《かこく》だった。

そうして、おそらく自己防衛から、フェリシアはその優しい思い出に蓋をした。無意識に。もう二度と会えないのなら、思い出を大事に抱えるだけ虚《むな》しくなる。そう直感して。

なのにウィリアムは、薄情《はくじょう》なフェリシアとは違《ちが》い「連れ出してあげる」と言った約束を守るため、兄にフェリシアとの婚約を申し出てくれていたのだ。

彼は言った。

『だから義兄上《あにうえ》は、全部知っているよ。なぜ私が諦《あきら》めずに君を求めたのか』

じゃあ、どうして。

そんな思いが胸中に広がる。

(どうしてお兄様は、私に優しい婚約を受け入れたの?)

嫌がらせをするほど自分が嫌いなら、その行動は矛盾《むじゅん》している。

それではまるで、フェリシアのために良縁《りょうえん》を結んでくれたみたいではないか。

「――ア様、フェリシア様？」

意識が現実に引き戻される。ジェシカが心配そうにこちらを覗《のぞ》き込んでいた。

「ごめんなさい。ええと、ちょっと考え事をしてたわ」

「お疲《つか》れですか？　少し休まれます？　あっ、ハーブティーをお淹《い》れしましょうか！」

彼女が明るく手を叩《たた》いた。本当によく気づく侍女だと思う。

今ここでジェシカがハーブティーを提案したのは、たまの夜、ウィリアムが仕事終わりに訪ねてきてくれるときには、必ずフェリシアにハーブティーを持ってきてくれるからだろう。フェリシアの好きな飲み物はハーブティー。そう認識《にんしき》したに違いない。

ただ、ジェシカは知らない。

ウィリアムが運ぶそのハーブティーは、彼自らが淹れてくれたものだということを。

最初はフェリシアが淹れていた。いつからか逆転していた習慣。

だからこそ、思うのは。

――ハーブティーは、彼のためにとっておきたい。

自分でも恥《は》ずかしくなるほどの、乙女心だ。

実は、彼がハーブティーを淹れてくれるようになってから、フェリシアは一度も他《ほか》のハーブティーを飲んでいない。自分でも淹れていない。あの特別なハーブティーでなければ、心がもう満足できないからだ。

そんなことを言ったら、彼は引いてしまうだろうか。

ああ、なんて贅沢《ぜいたく》な悩みだろう。最近は二人の時間が合わなくて、なかなかそんな機会もないけれど。でも、大事にとっておきたかった。

そのためなら、この気恥ずかしさも押し殺せる。

「あ、あのね、ジェシカ。ハーブティーもいいのだけど、その、今は……というより、これからもなんだけど。私はジェシカの淹れた紅茶が好きだから、それが飲みたいわ」

顔が無駄《むだ》に赤くならないよう、踏《ふ》ん張る。

どうやらジェシカには気づかれなかったようだ。

「わかりました！　フェリシア様がそう仰《おっしゃ》るなら、紅茶でもなんでも！　そう言ってもらえて嬉しいです。さっそく淹れてきますね！」

「あ、待って。慌《あわ》てなくていいのよ。じゃないとあなた、絶対こ――」

「ぎゃっ⁉」

絶対転ぶから、と注意を促《うなが》すはずだった言葉の前に、予想どおりジェシカが転んだ。

彼女は仕事はできるのだが、たまにこうしてそそっかしい一面が出る。本人曰《いわ》く、緊《きん》張《ちょう》して萎縮《いしゅく》したときと、油断したときに出てしまうらしい。

今は油断したのかしらと、素早《すばや》く起き上がり「すみませんすみません」と頭を下げ脱兎《だっと》の如《ごと》く部屋を後にしたジェシカの背中を見送りながら、フェリシアは思った。

「……なんだか悪いことをした気分だわ」

「小動物みたいで面白《おもしろ》いっすよね～、彼女」

すぐ後ろにいたゲイルがそんな感想を漏《も》らす。

フェリシアは厳しい目で振《ふ》り返った。

「だめよ。あなたはだめ。せめて裏世界から完全に足を洗ってから出直しなさい」

「うわ突然《とつぜん》なんですか。すごい飛躍《ひやく》。今の話のどの辺からそんな話になりました？」

酷《ひど》いなー、とゲイルは冗談《じょうだん》っぽく唇《くちびる》を尖《とが》らせているが、フェリシアは警戒《けいかい》を怠《おこた》らない。

なにせこの元暗殺者、ジェシカがそそっかしい一面を見せるたびに彼女をイジって遊んでいるのだ。まるで好きな子ほど虐《いじ》めたくなる幼子のように。せっかく見つけたかわいい侍女《じじょ》を、そんなドＳ男にくれてやるものかと思う。

それに。

「これは私の持論なんだけど――毒好きにまともな人間はいないわ」

「え、それ自分で言っちゃいます？」

当たり前だ。なんなら声を大にして言ってもいい。

自分も含《ふく》めて、そんな人間は何かしら厄介《やっかい》ごとを持っているに違いないのだから。それは性格だったり、過去だったり、あるいは思考だったり。

「そこは普通《ふつう》、『毒好きに悪い人はいないわ』とかじゃないんですか？　傷つくー」

「そういうことは自分の行いを振り返ってから言ってくれる⁉」

「でも俺は王女さんのこと、悪い奴《やつ》だとは思ってないっすよ。だって」

と、そこでゲイルがニヤリと笑う。

「だって、出されたものはたとえ毒だろうと食べて飲んじゃう王女さんが、さりげなくハーブティーを断ったじゃないですか？　しかもなんか、ちょっと照れながら。あれってもしかしなくても、ハーブティーは殿下《でんか》が淹れるものがいいとか、そんな感じっすよね？　ね？」

「な、ちが……っ」

「きゃーっ。王女さんったらかーわーいーぐふ⁉」

いきなりゲイルが床《ゆか》に沈《しず》んだ。何が起きたのかと唖然《あぜん》としていたら、それまで彼がいた場所に、拳《こぶし》を握《にぎ》りしめたライラが立っている。

その、ゲイルを見下ろす羽虫を見るような瞳《ひとみ》が、あまりにもかっこよくて。

「私、一生ライラについていくわ」

いや普通逆だろそれ……というゲイルの掠《かす》れたツッコミは、聞こえなかったことにした。

浄化《じょうか》薬を完成させたフェリシアは、しかしその後もたまに宮廷薬師《きゅうていくすし》室には顔を出している。

浄化薬の完成を目的としていた専属開発チームは解散したものの、その担当は正式に薬師室に移った。

今は、浄化薬の要《かなめ》とも言える薬草《ルアル》の栽培《さいばい》や、浄化薬の実用的な投薬方法など、新たな課題に取り組んでいるところである。

そのためフェリシアも、王太子の婚約《こんやく》者としての仕事がない限り、その手伝いをしている。開発チーム時代の馴染《なじ》みのメンバーとは、おかげでだいぶ打ち解けていた。

「なるほどですね～。じゃあフェリシア様、そのせいでここ最近微妙《びみょう》に元気がなかったんですね」

メンバーだった内の一人、太い三つ編みが特徴《とくちょう》的な女性、ロージーが言う。

「兄貴が気になって結婚どころじゃないって、ブラコンなんですか？」

これまた開発チームの一員で、中でも一番毒舌《どくぜつ》かつ年少の男、リードが鼻で笑った。

「こらリード！　王女殿下に向かってなんて態度ですか！　直せって言いましたよね！

る。

「申し訳ありません、王女殿下」

チームの中では一番気配り上手だった男、ニックが大きな身体《からだ》を縮めるように頭を下げ
フェリシアとしては、浄化薬を開発していたときも今も、リードの態度を特に気にした
ことはない。というのも。

「大丈夫《だいじょうぶ》よ、ニック。リードもこれでいて、この部屋以外ではきちんと接してくれますもの」

フェリシアがそう言うと、ニックは意外そうな顔でリードを振り返る。逆にリードのほうは、ほぼ同時に顔を横に逸《そ》らしていたが。

ただ、ニックが勘違《かんちが》いするのも無理はない。

フェリシアが薬師室の彼らと会うのは、大抵《たいてい》がこの部屋——宮廷薬師たちに与《あた》えられている医療棟《いりょうとう》の一室だからだ。初めてここではない廊下《ろうか》で出くわしたとき、彼はちゃんとフェリシアに敬意を示し、丁寧《ていねい》な礼をもって接してくれた。

これにはフェリシアも虚《きょ》をつかれたが、おそらく、自分のせいでフェリシアが周囲に侮《あなど》られないよう気を遣《つか》ってくれたのだろう。

「そもそも遠慮《えんりょ》なく接してほしいとお願いしたのはわたくしで、リードはそのとおりにしてくれただけですもの。むしろリードにきちんと挨拶《あいさつ》をされたとき、浅はかだったのは自

分だったと反省しました」

フェリシアはウィリアムの婚約者である。つまり、この国の王太子の婚約者だ。

浄化薬を開発していたときは、チームのメンバーには忌憚《きたん》なき意見を求めたが、事情を知らない人間が見ればフェリシアを軽《かろ》んじていると捉《とら》えられても仕方ない光景だった。それは、ひいてはウィリアムを軽んじていることになってしまう。

そんなことはフェリシアだって許せない。

「だからお礼を言いたいぐらいです。廊下では言えませんでしたから、もちろんその後にここで言いましたけどね」

「リードきみ、実はちゃんと考えてたんですね……！」

「おほんっ。そんなことより、今は王女殿下のことでしょう？　俺のことなんていいから、そっちの話に戻《もど》りましょうよ。思うんですけど、それっていわゆるマリッジブルー的なやつじゃないんですか」

「マリッジブルー？」

おそらく話題を逸らすための言葉なのだろうが、あまりにも馴染みのない言葉だったので、思わず訊《き》き返してしまった。

フェリシア以外のこの場にいる全員が、同じように首を傾《かし》げている。

「いや、なんでみんなまで不思議そうなんだよ。だってそうでしょ。王女殿下は、喧嘩別《けんかわか》れした兄貴のことを引きずって、本当にこのまま結婚していいか悩《なや》んでるんですよね？」

「……そうなのかしら。というより、どうしてお兄様がウィリアム殿下との婚約を結んでくれたのか、それが疑問で気になってる感じね」

そう。だから、結婚することに悩んでいるというよりは、この婚約について疑問を持ったというほうが近いかもしれない。

フェリシアは、決してウィリアムとの結婚が嫌《いや》になったわけではない。まあ、式のことは忘れていたけれど。問題はそこではないだろう。

「じゃあやっぱり、マリッジブルーなんじゃないですか？　婚約自体に疑問――ようは不安を感じてて、それも兄貴が気になるからってことなら、なんだかんだ言って王女殿下も兄貴が好きで、喧嘩別れになったままにしたくないってことでしょ？」

「っわ、わたくしが、お兄様を、好きっ？」

ズガンッ、と脳天を殴《なぐ》られたような衝撃《しょうげき》だった。

自分の感情について指摘《してき》されたはずなのに、全く身に覚えがなくて鳥肌《とりはだ》が立った。

頭の中の自分は、さすがにそれはない、と全力で否定しているけれど。

「えっと、リードには、そう見えますの？」

「見えますけど。あと兄貴はシスコンに見えますけど。よかったですね、相思相愛じゃないですか」

また彼が鼻で笑う。相思相愛。彼は今何語で話しているのか、フェリシアには本気で理解できなかった。もしかして未解明の言語でも使っているのだろうかと考えて、ぜひとも使っていてほしいと切に願う。

「あの、ちなみに、なんでそう思いましたの……？」

「え、これも説明が必要なんですか？」

「ぜひ」

食い気味に身を乗り出したフェリシアに、リードのほうは逆に仰《の》け反る。

「いやだって、王太子殿下が言ってたんですよね？　王女殿下の兄貴は全部知ってるって。その上で婚約を許したってことは、少なくとも嫌がらせではないですよね。全部知ってるってことは、ようはそれ、幼い頃《ころ》の王女殿下が王太子殿下に心を許してたことも、知ってたってことなんですから。てことは、王女殿下が少しでも好いた相手の許《もと》に嫁《とつ》げるように計らったってことじゃないんですか？　え、言われないと気づかないものですか、これ？」

フェリシアはとうとう床に両膝《りょうひざ》と両手をついた。なんだそれは。なんだその優《やさ》しい兄そのものという行動は。ちょっと展開についていけない。

(うそ、本当に？　本当にあのお兄様が、そんなことを？　考えてくれたっていうの？)

信じられない。

信じられないのに、否定しきれない自分もいる。

それもこれも、全《すべ》ては命がけで自分を守ってくれた兄を思い出すからだ。

（え？　しかも私、リードの言うことが正しいなら、実はお兄様が好きだったの？　ま、まさかね？　まさかそんなこと……ないないない。憎《にく》んではいないけど、嫌《きら》いではあるもの。好きはないわ、さすがに）

でも。やっぱり。もしかしたら──。

そんな葛藤《かっとう》で頭が混乱してきた。

（もーっ、全然わからない！　そもそもなんで私がお兄様のことでこんなに悩まないといけないのよっ）

散々蔑《ないがし》ろにされてきた。辛《つら》いことも多かった。

しかし今になって思うと、祖国で離宮《りきゅう》生活を始めたあたりから、姉の嫌がらせは格段に減っていった。

おそらくそれは、定期的にやってくる兄の護衛のせいだろう。そういえば兄と姉が共謀《きょうぼう》して嫌がらせをしてきたことは、ただの一度もない。

ということは、兄の護衛たちは姉にとって障害だったはず。

当時はただ、フェリシアの監視《かんし》をしているだけだと思っていたのに。

「──お、お姉様は」

さすがに王女を床《ゆか》に座らせておくわけにはいかないと思ったらしいライラが、優しく両手を引いてくれた。導かれるまま、簡素な丸椅子《いす》に座る。

呆然《ぼうぜん》と続けた。

「お姉様は、毒とか、よく、くれましたけど」

「それくれるじゃなくて盛るって言うんですよ」

リードのツッコミは、聞こえているけれど聞こえていない。耳の上を滑《すべ》るだけで、脳にまでは届かなかった。

なぜなら、次々と浮《う》かんでくる〝そういえば〟が、フェリシアの信じてきたものを尽《ことごと》く破壊《はかい》するからだ。

「でも、お兄様って、ドレスに飲み物をかけてきたり、無視したり、離宮に追いやったり。あと、人を使って監視させたりとか……そういえば、一度も命を狙《ねら》ってきたことはなかったわ」

「狙われる前提で話してるのが普通《ふつう》に怖《こわ》いですけどね。王族ってそんな感じなんです？　俺平民でよかったです」

「リード！」

そんなリードとニックの会話さえ、フェリシアの耳には入らない。

「あ、そうだ。フェリシア様のお姉様で思い出しましたけど、オルデノワ王国の第一王妃《おうひ》様に憑《つ》いていたっていう瘴気《しょうき》について、フェリシア様、気にされてましたよね？　でも残念ながら、原因は解明できなかったそうですよ」

もう何も聞こえていないフェリシアは、ロージーの報告も頭には入ってこず、ふらりと椅子から立ち上がった。

「あれ、フェリシア様？　お聞きにならないんですか、フェリシア様ー？」

それは、もとはと言えば、フェリシアがお願いした調査だったのに。如何《いかん》せんタイミングが悪かった。

長年信じてきたものが、根底から覆《くつがえ》される予感。

それは不安と、焦《あせ》りと、困惑《こんわく》で包まれている。

「ごめんなさい……わたくし、今日はちょっと、帰りますわ」

ライラがふらつく身体《からだ》を支えるように手を取ってくれた。

なんとか最低限の礼だけは忘れまいと挨拶をして、フェリシアはそのまま薬師《くすし》室を出て行く。

その後、薬草にも毒草にも触《ふ》れずに帰ったのは、このときが初めてだった。

リードが同僚《どうりょう》二人から散々責められたらしいのだが、フェリシアには知る由《よし》もなかった。

それからというもの、フェリシアの悶々《もんもん》とした日々が続いた。

何をしていてもどこにいても、誰《だれ》といても。考えるのは兄のこと。兄の真意。

そんなフェリシアに、ウィリアムがたまに何か言いたそうにしているのは知っている。けれどフェリシア自身、無意識に思考に落ちていくので、自分ではどうしようもできなかった。

そして、ついに見かねたのだろう。彼は何の前触《まえぶ》れもなく、さらには従者も付けずに現れた。

「フェリシア、急にごめんね。ちょっとおいで」

貴族令嬢《れいじょう》とのお茶会——という名のコネ作り——が終わり、休憩《きゅうけい》しているときのこと。

相も変わらず忙《いそが》しいはずの彼は、執務《しつむ》の合間を縫《ぬ》って会いに来てくれたのか、式典や会合のときよりもラフな格好だった。上半身はシャツしか着ていなくて、今日は執務室に籠《こ》もりっぱなしだったのだろうと推察できる。

王太子の急な訪問に一番慌《あわ》てたのは、フェリシアではない。ジェシカやメイドたちのほうだった。

恐縮《きょうしゅく》しながらお茶の準備を始めようとする彼女たちを、ウィリアムは笑顔《えがお》で制する。

誰もがぽかんとする間に、「少し借りていくよ」と颯爽《さっそう》と手を握《にぎ》られ、さすがのフェリシアも困惑した。

なんて無駄《むだ》のない行動だろう。まるでプロの人攫《ひとさら》いのような手際《てぎわ》である。

(えーと？　これは私、大人しく連れ出されたほうがいいのかしら？)

そう悩《なや》んでいる時点で、身体は今にも部屋の外に連れ出されようとしていたけれど。

ちらりとウィリアムを見上げる。

その横顔がいつもより疲《つか》れているように見えたフェリシアは、大人しく身を任せることにした。

しかし、フェリシアはすぐに後悔《こうかい》する。

彼に手を引かれるままついていった先で、ここ廏舎《きゅうしゃ》だわ、馬だわ、あの子かわいいわね、でもどうしてこんなところに……と思ったが最後、かわいいと思った彼の愛馬に乗せられて、あれよという間に走り出していたからだ。

その直後、後ろから「王女殿下《でんか》!?」という己《おのれ》の護衛たちの焦った声が聞こえてきて、あ追いかけてきてくれたのね、と頭の片隅《かたすみ》で思う。

まあ、そんな余裕《よゆう》はすぐになくなったが。

馬の走るスピードが上がった。

「で、でで殿下っ」

「大丈夫《だいじょうぶ》。落とさないから」

「いえ、あの、そういう問題でもありますけど！　けどそうじゃないですわ！　いきなりなんですのこれ⁉」

なぜ護衛まで振《ふ》り切るような走り方をするのか。いくら王宮内とはいえ、必ず護衛をつけるよういつも口を酸《す》っぱくして注意するのは、彼のほうだったはずだ。疲れすぎて何もかもが嫌《いや》になり、仕事と一緒《いっしょ》に記憶《きおく》も放《ほう》り投げてしまったのだろうか。

「ちょっと気分転換《てんかん》をしたくなってね。憂鬱《ゆううつ》なときは、風を感じるといいらしいよ」

「それ絶対間違《まちが》った解釈《かいしゃく》してますわよ⁉」

記憶どころか思考も放棄《ほうき》してしまったらしい。これでは風を感じるどころか、恐怖《きょうふ》しか感じない。

目をぎゅっと瞑《つぶ》って、彼の胸にしがみつく。

「そうかな。でもほら、私を信じて顔を上げてごらん。魔物《まもの》に立ち向かうよりは怖くないはずだから」

いやどんな喩《たと》えだと思いながら、フェリシアは数秒考えたあと、勇気を出してみた。

ウィリアムの腕《うで》の中から顔を上げて。

恐《おそ》る恐る、閉じていた瞳《ひとみ》を開けていく。

さあぁと風が頬《ほほ》を撫《な》でる。

視界に映る、緑、緑、たくさんの緑。それと空の青。

流れていく風景が新鮮《しんせん》だった。

この王宮も、さすがに見慣れてきたと思っていたけれど。

「ね、気持ちいいでしょう？」

フェリシアは、声もなく頷《うなず》いた。どこまでも広がる光景に、爽《さわ》やかな風。新鮮な体験は、確かに気持ち良かった。

やがて辿《たど》り着いたのは、政治の中枢《ちゅうすう》である執務棟《しつむとう》から離《はな》れた場所にある、静かな湖だった。

乙女《おとめ》ゲームでは、この湖で発生するイベントがあったことを覚えている。

それだけでなく、フェリシアがウィリアムと両想《りょうおも》いになってから、何度か逢瀬《デート》を重ねた場所でもある。といっても、そのときは馬車での移動だったので、馬に乗って訪《おとず》れたのは初めてだが。

太陽に照らされ、水面《みなも》がきらきらと揺《ゆ》らめいている。天気のいい日は特に輝《かがや》きが増して、反射する光が眩《まぶ》しい。そんな風景に、ここに来るたび癒《い》やされている。

ウィリアムは、フェリシアを木陰《こかげ》に誘《いざな》うと、そこに大きな布を敷《し》いてくれた。

やけに準備のいい彼に思わず微笑《びしょう》をこぼす。

「これじゃあ計画的な誘拐《ゆうかい》みたいですね」

どうぞと促《うなが》されて、敷かれた布の上に座った。

「まあね。あながち間違いではないよ。もともと君を連れ出す予定はあったんだ。ただちょっと色々あって、ゴードンが少しの休憩も許してくれなくてね。彼の意表をつけるときはないか、虎視眈々《こしたんたん》と狙《ねら》っていたんだよ。それが今日で、だからこんな急になってしまったというわけ」

ごめんね、と謝る彼は、たぶん反省はしていない。

なのに仕方ないなぁと絆《ほだ》されてしまうのは、彼の目元に浮《う》かぶ疲労《ひろう》のせいだろう。

ゴードン——この国の宰相《さいしょう》であり、他人にも自分にも厳しいその男は、少し前から体調の優《すぐ》れない国王に代わって国政を担《にな》うウィリアムの、有能な補佐《ほさ》役である。

(でもきっと、ウィルの笑顔《かめん》は宰相以上に有能なのね)

ゴードンはおそらく気づいていない。ウィリアムの疲労に。

いくら責任ある立場であるとはいえ、彼だって人間なのだ。民《たみ》のために働くことが当然のように求められる人だけれど、休みがなければ死んでしまう。

(だからせめて、今だけでも……)

フェリシアは、隣《となり》に座ったウィリアムの腕を引っ張ると、彼の頭を優《やさ》しく受け止めるように自身の膝《ひざ》に導いた。

正確には太ももの上に倒《たお》した彼と、目が合う。

ぱちぱち。彼の吸い込まれそうなほど綺麗《きれい》な紫眼《しがん》が、状況《じょうきょう》を理解できずに瞬《まばた》きを繰《く》り返している。

どこか幼く見えるその仕草に、ついくすりと笑ってしまった。

柔《やわ》らかい黒髪《くろかみ》を労《いたわ》るように撫でる。

「ちょっ……と待って、フェリシア。ごめん。なんだろう、この状況」

戸惑《とまど》う彼はとても珍《めずら》しい。かわいいなと頬が緩《ゆる》む。

「ふふ、なんでしょうね」

「いや、これはちょっと、あまりに自分に都合のいい展開で、少し混乱してる」

「でもウィル、休憩するために連れ出したんですよね？」

「うーん。それはそうなんだけど、ちょっと違うかな。これでは私が癒やされているだけだね」

「？　ならいいじゃないですか」

そう言うと、仰向《あおむ》けだったウィリアムが両手で顔を覆《おお》い、長い長いため息をついた。

「ウィル？　大丈夫ですか？」

「大丈夫じゃない。私はいったい何を試《ため》されているのかな」

「何も試してませんけど。もしかして、膝枕《ひざまくら》はお気に召《め》しませんでした？」

「どうしてそうなるんだろうね」

また彼がため息を吐《は》き出す。さっきの長いため息とは、なんとなく種類が違う気がした。

けれど、何が違うのか、はっきりとはわからない。そもそも今日のウィリアムがよくわからない。

フェリシアは、誤魔化すように、あるいは宥《なだ》めるように、彼の頭をもう一度撫でた。

起き上がる気配のない彼は、おそらく膝枕が気に入らなかったわけではないのだろう。

ほっと胸を撫で下ろす。

本音を言うと、自分も随分《ずいぶん》と大胆《だいたん》になったなぁと思わないでもないけれど。

自分の感情を隠《かく》すことに慣れてしまった彼を癒やせるなら、フェリシアはなんだってしてあげたかった。

そうして安らぐ彼を見て、自分の心もまた、安らいでいくのを感じる。

ゆらり、ゆらり。水面がそよ風に揺れている。

「ねぇ、ウィル」

「なんだい？」

「幸せ、ですわね」

「……うん、そうだね」

こんな穏《おだ》やかな日を、これからも過ごせたらいい。

そう思って、瞼《まぶた》を閉じる。

（これから〝も〟だって。それってつまり、これまでもそう感じていた証拠《しょうこ》よね）

それもこれも、ウィリアムと出逢《であ》い、彼に恋《こい》をし、彼が応《こた》えてくれたおかげだ。

しかし、それだけではないのかもしれない。

その裏で、もしかすると、兄が動いてくれていたのかもしれない。

「こんなに幸せなら、ちょっとくらい、お兄様に仕返ししてもいいと思いません？」

急に兄の話を持ち出したのに、ウィリアムはまるで最初からわかっていたように、なんの驚《おどろ》きもなく答えた。

「うん、いいと思う。楽しそうだね。私も手を貸そう。どんな仕返しがしたい？」

ふふ、と思わず笑ってしまう。

普通《ふつう》なら、ここで止めるのが常識人というものだ。仕返しだなんてそんな物騒《ぶっそう》なこと、しちゃいけないとかなんとか。

でもウィリアムは否定しない。

そんな彼だと知っていたから、こぼせた本音だった。

「そうですね……実は私、ずっと考えていた仕返しがあって。誰《だれ》よりも幸せになって、きっと私の不幸を願っているはずのお兄様に、見せつけてやろうって思ってたんです」

「ああ、それはいい。存分に見せつけようか。きっと義兄上《あにうえ》は悔《くや》しがるよ」

「そうでないと困りますわ。だって仕返しですもの」

「うん、仕返しだからね」

すっと、下からウィリアムの手が伸《の》びてくる。頬《ほほ》を滑《すべ》り、目元を撫《な》で、うなじに回る。

そのままぐっと引き寄せられたと思ったら、唇《くちびる》に柔らかい感触《かんしょく》がして、軽いリップ音が鳴った。甘い響《ひび》きを伴《ともな》うそれに、耳まで熱を帯びていく。

余韻《よいん》に浸《ひた》るように見つめ合っていたら、彼がふっと笑った。

「どうせなら、義兄上の前でこんなこともやってみるかい？」

「!?」

完全に悪い顔をした彼は、先ほどまで漂《ただよ》わせていた疲労感《ひろうかん》なんて綺麗さっぱり消えていた。

まるで演技だったのではないかと思うほど、からりと元気になっている。

「もうっ、意地悪するなら相談なんてしません！」

ふんっと顔を逸《そ》らせば、ウィリアムが「ごめん。でも八割は本気だよ」と嘘《うそ》なんだか本当なんだかわからないことを言う。

——〝憂鬱《ゆううつ》なときは、風を感じるといいらしいよ〟

さわさわと葉擦《はず》れの音が耳をくすぐる。

髪《かみ》が靡《なび》く。清涼《せいりょう》な空気が心地《ここち》いい。

凝《こ》り固まっていた悩《なや》みが、少しずつ解《ほぐ》れていくようだ。

これが、本当は誰のための休憩《きゅうけい》だったのか、フェリシアは途中《とちゅう》から気づいてしまった。

（相変わらず隠そうとするのね。それとも、私が断ると思ったから、さも自分が休憩したいように見せたのかしら）

確かにさっきまでの自分なら、ありえないことではなかっただろう。気分じゃないから、と。

兄の真意がわからなくて、迷走《めいそう》していた。

兄がもし自分の思うような人ではなかったらと、迷子になっていた。

そうして心ここにあらずの状態で、ジェシカやライラには、随分と心配をかけていたことだろう。

（ウィルってほんと、私の扱《あつか》いが上手よね）

でも嫌《いや》じゃない。少しむず痒《がゆ》さを感じるけれど、たぶんこれは気恥《きは》ずかしさからくるものだ。

「殿下《でんか》ぁー！」

そのとき、遠くのほうから叫《さけ》び声が聞こえてきた。

なんだろうと意識をそちらに持っていくと、続けてウィリアムを呼ぶいくつもの声が風に乗って運ばれてくる。

呼ばれている本人に視線を移せば、彼のほうも気づいていたらしい、面白《おもしろ》いくらい不機《ふき》嫌《げん》に顔を歪《ゆが》ませていた。

「予定より早すぎる」

まるで拗《す》ねた子どものようだ。

「ふふ。そういえば、抜《ぬ》け出してきたんでしたね」

その、いつもの笑顔《えがお》とは違《ちが》う素《す》の表情に、心がじんわりと温かくなる。

自分だけが知っている、自分だけに見せてくれる、その感情が嬉《うれ》しくてたまらない。

「仕方ない。せっかくフェリシアをうまく連れ出せたのにね。後進を育てすぎると、こういう弊害《へいがい》があると学んだよ」

「優秀《ゆうしゅう》なことは良いことだと思いますよ？」

「本当に優秀な人間は、ここで空気を読んでくれるものだよ」

ちゅ、と頬にキスをされる。

なんでこのタイミングで!?　とフェリシアは真っ赤になって狼狽《うろた》えた。

だんだんと騎士《きし》たちの声が近づいてくる。

「本当はもう少し君を堪能《たんのう》したかったけれど……。とりあえず、前も言ったように義兄上のことは任せてくれればいい。わからないなら、訊《き》いてしまえばいいのだから」

「え？　ですが……」

どうやって、とその意図を詳《くわ》しく訊《たず》ねる前に、とうとう騎士たちがすぐそこまでやってきた。

「殿下、どこですか？　宰相閣下《さいしょうかっか》が怒《おこ》ってますよ！　お願いですからそろそろ戻《もど》ってってあ！　殿下発見!!」

渋々《しぶしぶ》フェリシアの膝《ひざ》から起き上がっていたウィリアムは、もういつもの笑顔に戻っていて、その変わり身の早さに苦笑《くしょう》する。

「殿下、よかったです……！　もし見つからなかったら、自分たちが殿下の仕事を代わりにこなせなんて無茶《むちゃ》言われて、もうほんと、どうしようかとっ」

「わかったから泣かないでくれるかい。そんなのゴードンの冗談《じょうだん》だろう？」

あの人は冗談なんか言いませんよ！　と訴《うった》える騎士たちは、結構本気で涙目《なみだめ》だった。

フェリシアも渦中《かちゅう》の宰相を思い出してみるが、確かに、あの岩よりも頭の固そうな男は、冗談なんて通じないだろうし言わないだろうと思う。かわいそうに。大いに同情した。

差し出されたウィリアムの手を借りて、ゆっくりと立ち上がる。

ウィリアムの騎士たちの後ろから、ライラを筆頭とした自分の騎士たちもやってきた。

少しだけ呆《あき》れ顔のライラは、ジト目でウィリアムを睨《にら》んでいる。

そこでフェリシアは、もしかしてと勘《かん》づいてしまった。ウィリアムの言う〝本当に優秀な人間〟。きっとライラはその内の一人だ。

（……ライラが褒《ほ》められるのは嬉しいけど、微妙《びみょう》に複雑だわ）

王太子による計画的婚約者《こんやくしゃ》誘拐《ゆうかい》事件は、こうして幕を閉じたのだった。

その日から、フェリシアは単純にも本来の明るさを取り戻していった。

問題は何も解決してはいないけれど、わからないなら訊けばいいという単純明快な答えをもらって、確かにと納得《なっとく》したからだ。

今までそれを思いつかなかったのは、兄のアイゼンが遠い祖国の王だからだろう。簡単に会えるものではない。

そう、問題は、どうやって遠くにいる兄に訊くか、ということだった。

ウィリアムは「任せてくれればいい」と言ってくれたが、頼《たよ》りっぱなしは性《しょう》に合わない。自分でもちゃんと考えた。

その結果、手紙を書くというのはどうだろうと思い至り、思い至っただけのまま、数日が経過している。

(だって今さら、今さらよ？　どんな手紙をお兄様に書けばいいの。書き出しからなんか恥ずかしくなってきて、そもそも手紙ってどう書いてたっけって絶賛迷走中よ！)

フェリシアは、王宮の図書館で研究に役立ちそうな資料を見繕《みつくろ》いながら、別の問題について頭を悩ませていた。

ちなみに研究というのは、もちろん浄化薬《じょうか》の研究のことだ。薬そのものは間違いなく完成したけれど、供給の安定化、材料となる薬草《ルアル》の継続《けいぞく》的な採取、投薬方法など、残された課題は多岐《たき》に渡《わた》る。

フェリシアはもともと薬師《くすし》になりたいと思っていたため、この仕事は楽しくて好きだった。王太子の婚約者ではあるけれど。婚約したら、全くそういうことからは遠ざけられると思っていたけれど。

ウィリアムが許してくれたことにより、フェリシアは今でも研究に携《たずさ》わることができている。

しかもそれを、周りは誰《だれ》も、何も言わない。お茶会や夜会に参加する貴族たちは、むしろそんなフェリシアをこぞって第二の聖女だと褒めそやす。

最初はお世辞だろうと流していたが、ここ最近は、彼らが本当に自分に関心を持ってくれているとわかってきたため、逆に戸惑《とまど》ってしまうほどだった。

（ウィルにはほんと、感謝してもしきれないわ。私も何か役に立てることがあったらいいのに）

ひと通りの資料を選ぶと、それを全《すべ》てゲイルに持たせる。紙の束は存外重いので、このときばかりは使える男だ。

積み上げられた本で前が見えているのか怪《あや》しいものの、その足取りがふらつくことはない。

（やっぱり、まずはこれ以上迷惑《めいわく》をかけないのが一番よね。そのためにもお兄様のこと、早く自分で解決しないと……——ってあら？　あの人、今日もいる）

フェリシアは、図書館の窓際《まどぎわ》に沿うように備えられた一人用のソファに座って本を読む、一人の青年に目をやった。

この図書館の窓は全てステンドグラスで、とても神秘的な空間を作り上げている。そこから漏《も》れる太陽の光に、青年の銀髪《ぎんぱつ》が眩《まばゆ》いほどに照らされていた。

あまりの神々《こうごう》しさにほうと息を吐《は》く。ジェシカを連れていなくて良かったと思った。美しいものを見ると我を忘れる面白《おもしろ》い性格をしている彼女だが、この静かな図書館でそれは御法度《ごはっと》だ。

ウィリアムの中性的な美貌《びぼう》とも違う、触《ふ》れれば消えてしまいそうな、雪のように儚《はかな》い美貌。

肩《かた》で揃《そろ》った銀髪。白い肌《はだ》。華奢《きやしや》な身体《からだ》。その全てが世俗《せぞく》とかけ離《はな》れた雰囲気《ふんいき》を持っていて、特に目を引くのは、その深い紅《くれない》の瞳《ひとみ》だった。

最近、よく見かけるようになった人だ。

見かけるたび、窓際の席で本を読んでいる。

（いったいどんな本を読んでるのかしら）

気になるのは、いまだに彼がどこの貴族かわからないから。

服装は決まって緩《ゆる》いものだが、上等なシャツにベスト、ズボンと、どこからどう見ても生まれと育ちの良さが窺《うかが》える。

仕草にしてもそうだ。本のページをめくるという行為《こうい》一つにしても、そこはかとなく気品を感じる。

あの美貌なら、貴族女性が放《ほう》っておくはずがない。お茶会でそれとなく探《さぐ》ってみたけれど、誰も心当たりはなさそうだった。

(まあ、王宮《ここ》には色々な人が出仕しているものね)

貴族だけでなく、平民も。もしかしたら裕福《ゆうふく》な平民とか、そのあたりかもしれない。

でなければ、フェリシアはせっかく覚えたシャンゼルの貴族図鑑《ずかん》を、もう一度覚え直さなくてはならなくなる。

(あれは辛《つら》かったわ……)

これまであまり人との交流がなかったフェリシアにとっては、世界中の薬草や毒草を覚えるより過酷《かこく》な試練だった。

できれば二度とやりたくないと思いながら、図書館を後にした。

「じゃあこれとかどう？　スリングショットで、魔物《まもの》に浄化薬を飲ませるの。名付けて

『必殺！　私の愛で元に戻って。　愛の浄化玉！』

「何が愛だ、気持ち悪いんだよロージー。ここはこれ一択《いったく》だろ。『食《く》らえ聖なる光の刃《やいば》。

浄化針！』」

「浄化針ってなに！　針なんて無理に決まってるでしょ！」

「おまえの浄化玉だって、相手が口開けてくんなきゃ無理だろうが。その点、浄化薬の液体化さえできれば、針に塗《ぬ》って肌から吸収させられる」

「だったらまずは液体化させなさいよ！」

「うっせぇな。言われなくても今試行錯誤《さくご》してんだよ！」

わーわーぎゃーぎゃー。ロージーとリードが喧嘩《けんか》のように言い合っている。いつものことだ。この宮廷《きゅうてい》薬師室ではもうお馴染《なじ》みの光景である。そして、

「申し訳ありません王女殿下《でんか》。うるさいですよね。あの二人にはよく言って聞かせますので。こら二人とも！　もうちょっと静かに喧嘩しなさい！」

「「ニックのほうがうるさい！」」

ここまでが、最近の一連の流れとなりつつあった。

フェリシアは困惑《こんわく》するどころか、むしろわくわくしている。

「もうニック。いつも言ってますけど、全然気にしなくていいんですよ。それよりリード、今の話、ぜひ詳《くわ》しく聞かせてほしいわ！」

今彼らが話題にしていたのは、浄化薬の投薬方法だ。

図書館から戻《もど》ってきて、自分用に与《あた》えられた作業机で研究資料を整理していると聞こえてきた会話だったが、ぜひとも仲間に入れてほしかった。

浄化薬は錠剤《じょうざい》のため、魔物に飲ませるにはリスクが高い。

それはすぐに問題となり、現状、喫緊《きっきん》の課題と認識《にんしき》されている。

「ですから、浄化薬を液状にして、針の先端《せんたん》に塗布《とふ》するんですよ。で、吹《ふ》き矢か何かでこう……ふっと。これなら魔物に刺《さ》さるだけで、肌から浄化薬を吸収させられるじゃないですか」

「ええ、ええ！　液体ね。その手は思いつかなかったわ！　問題は液体化させられるかと、どの程度の濃度《のうど》で効果が出るのか、また効果が現れるまでにどの程度の時間を要するかかしら！」

興奮気味に会話に加わる。

自分の案を一緒《いっしょ》に考えてくれるのが嬉《うれ》しくなったのか、リードもフェリシア同様興奮した様子で持論を展開し始めた。

(ああ、楽しい！)

やはりこういう時間のほうが、自分にはお茶会よりも性に合っているようだと再認識する。

「フェリシア様～、リードだけずるいです。私の浄化玉案も聞いてください」

「もちろんよ！　あとね、わたくしも考えてきたんだけど」

と三人で盛り上がっていると、横で、

「いやー、ていうか、誰もあのセンスの欠片《かけら》もない呪文《じゅもん》には突《つ》っ込まないんすね～」

ここまで荷物運びをさせられたゲイルと、

「うっ、うっ。リードもロージーも、最近私の扱《あつか》いが酷《ひど》いです……っ」

同僚《どうりょう》に煙《けむ》たがられたニックが、会話とも言えない会話を交《か》わしていた。

ちなみにライラは、相変わらず無口無表情で部屋の片隅《かたすみ》に控《ひか》えている。自己主張の強いゲイルより、よっぽど影《かげ》の護衛らしい。

「うんうん、今日もやっとるのぅ」

そこで新たに薬師室に現れたのは、目を覆《おお》うほど長い眉毛《まゆげ》が特徴《とくちょう》的な老人、ドミニクだ。

「あ、室長おかえりなさーい」

かなり小柄《こがら》で、愛嬌《あいきょう》のある顔をしているが、これでも薬師室長である。

その腕《うで》は本物で、浄化薬の開発チームにいた頃《ころ》は、とてもお世話になった人だ。

と同時に、微妙《びみょう》に迷惑をかけられた人でもあるのだが。

というのも。

「ほっほ。ロージーや、何やら楽しそうなことをしておるのぅ。今日はお嬢《じょう》さんもおるし、

さい!!」
「ぎゃー室長!?　それただのゴミですっ。そんなもの王女殿下にあげようとしないでくだ
羨《うらや》ましいからわしも交ぜておくれ。ほれ、みんなにお土産《みやげ》もあるぞい。飴玉《あめだま》の包み紙」

このドミニクという老人は、ちょっとした悪戯《いたずら》好きだからだ。前はおもにダレンがその被害《ひがい》に遭《あ》っていた。溶《と》けたチョコレートとか、腐《くさ》った卵とか。毎回ダレンはキレていたけれど、今となっては懐《なつ》かしい思い出である。

「ほんとあのおじいちゃん、毎回微妙なやつばっかですよね。悪戯の内容」

いつのまにか隣《となり》に来ていたゲイルが、フェリシアにぼそりと耳打ちした。

「そうね。人数分の飴を食べたのか微妙に気になるわね」

「いや、俺が微妙って言ったのそこじゃないっすけどね？　まあもう王女さんの天然には慣れましたけど。——と、そうだ。ニックさん、頼《たの》んでたやつってもう準備できてます？忘れないうちに欲しいんすけど」

「あっ、はい、あれですね。ありますよ。少々お待ちください」

ドミニクからゴミを回収したニックが、続き部屋になっている隣の薬倉庫に消えていく。

その姿を視線で追ったあと、フェリシアはゲイルに確認した。

「ゲイル、あなた体調でも悪かったの？」

彼の身体《からだ》を上から下まで観察する。

ここは薬師室《くすし》だ。たとえ誰《だれ》であろうと、ここの職員に頼むことなんて、ほぼ決まっているようなものである。薬の処方。だから、彼もそうだと思った。

「そうならどうしてもっと早く言わなかったの。遠慮《えんりょ》なんてしなくてよかったのよ。それともどこか怪我《けが》をしたの？　知ってたら重い資料なんて持たせなかったのに、もう」

「お、王女さんが俺に優《やさ》しい……⁉　え、なんすかこれ。ドッキリっすか？」

人の本気の心配をドッキリとは何事か。

その反応はちょっと腹立たしいけれど、フェリシアだって貴重な趣味《しゅみ》仲間である彼のことは、別に嫌《きら》いではない。

「ドッキリじゃないから、正直に言いなさい。怪我？　それとも体調が悪いの？」

「え～、悪いって言ってみたい気も……」

「嘘《うそ》を言ったら金輪際あなたと毒の話はしないから」

「俺じゃなくて王様がっすね」

「……、え？」

なんだか今、さらっと高貴な存在が出てきた気がするのだが、自分の耳がおかしくなったのだろうか。

けれど、ゲイルの表情が明らかに「あ、やべ」とやらかした感じに歪《ゆが》めば、自分の耳が原因ではないと理解した。

「ちょっとゲイル、どういうこと？　今あなた、王様って言った？」

「いやいや、言ってませんよ。全く、少しも、言ってないっす。じゃ、そゆことで！」

「ちょっと⁉　そんな気になること言い残したまま逃《に》げないで！　ゲイル！」

捕《つか》まえようとするのに、さすが護衛として雇《やと》われているだけはあって、彼はちょこまかとすばしっこい。

フェリシアは秘密兵器を出すことにした。

「ライラお願い、捕まえて！」

「御意《ぎょい》」

「それは卑怯《ひきょう》っすよ王女さん⁉」

ライラは小柄といえど騎士《きし》であるため、そこら辺の男よりもずっと強い。

さらに王族の筆頭護衛騎士にもなれるほど、俊敏《しゅんびん》さを活《い》かした攻撃《こうげき》で彼女の右に出る者はいないとか。決して広くはない部屋の中を逃げるゲイルを、ライラが追う。

「あなたまさか、陛下に良からぬこと考えてないでしょうね⁉」

「考えてないですって！　俺はまだ命は惜しいですからね」

隣の部屋からニックが戻ってきた。ゲイルは彼の持つ小瓶《こびん》を素早《すばや》く奪《うば》い取ると、ちらりと中身を確認する。黒い錠剤らしきものが見えた。

ライラがゲイルの服を掴《つか》む。が、すぐに振《ふ》り払《はら》われ、そのまま猫《ねこ》のような身軽さで逃げられてしまう。

残された面々の中で、フェリシアとライラだけがこの状況に疑問符を浮かべていた。

しかしその答えは、意外なところからすぐにもたらされることとなる。


「へ、陛下がお倒《たお》れに……!?」

「そう、少し前にね」

結婚式《けっこん》のドレス選びが順調か様子を見に来たウィリアムに、フェリシアは先日のゲイルのことを話したのだ。もしかして雇い主の彼なら、何か知っているのではないかと思って。

予想は当たっていた。

「まあ、もともと療養《りょうよう》中ではあるからね。健康な身体ではなかったし、驚《おどろ》くほどのことじゃないよ」

「何を言ってますの！　驚くことですわ。ゲイルが隠《かく》していたのも、それなら頷《うなず》けます」

「それなんだけれどね。私は別に、フェリシアに隠す気はなかったんだよ。ゲイルは言うなと言ったことは口を滑《すべ》らせて、そうでないことは口を噤《つぐ》むって、面倒《めんどう》な性格してるね？」

確かに。フェリシアもそう思う。

（でもたぶんだけど、前に言っちゃいけないことを喋《しゃべ》っちゃって、そのあとウィルにされたお仕置きがトラウマになってるんでしょうね……）

ちょっと同情する。ゲイルが「命は惜しい」と言っていたのは、そのせいだろうと思った。

「それで、今のご容態は？」

「そろそろ寝室《しんしつ》からは出られるらしいから、安定はしているみたいだよ」

「……らしい……みたい？」

なぜ伝聞なのだろう。と、少し考える。まさか。

「ウィル、まさかとは思いますけど、お見舞《みま》いには？」

「行ってないね」

「行ってないんですかっ？　どうして」

「忙《いそが》しいからかな」

「でもここにいますわよね？」

「フェリシアは別だよ」

「では私のところに来る時間の少しでも、陛下のお見舞いに使ってください。あなたのお父様が倒れたんですよ？」

家族が倒れたなら、見舞いには行って然《しか》るべきだろう。フェリシアは今世の家族には恵《めぐ》まれなかったが、もし前世の家族が同じ状況に陥《おちい》ったなら、絶対に見舞いに行っている。

それに、今世の家族の中でも、母だけは家族らしい家族だった。病弱な母の見舞いを、フェリシアは欠かしたことはない。

（ウィルが冷戦状態なのって、王妃殿下《おうひでんか》とよね？　じゃあ陛下とは違《ちが》うんだろうし、実際、たまに拝見する陛下とは普通《ふつう》に会話してたわよね？）

なら、父親が倒れて何も感じないことはないだろう。

「お邪魔《じゃま》でなければ、私も一緒《いっしょ》に伺《うかが》いますから」

「そうだね。じゃあ、いつか時間が空いたときに行こうか」

そのひと言で察する。――あ、これ絶対行かないやつだわ。

どうしたものかと唸《うな》った。

「ウィル。差し出たことかもしれませんけど、毒を盛られたりとか、命を狙《ねら》われたりとか、そういうことでないなら、お見舞いくらいは行ったほうがいいと思いますよ」

さすがのフェリシアだって、家族が不仲であるなら、無理に行けとは言わない。

でもそうでないなら、行くべきだと思う。特に国王は不調が続いている。いつ亡くなるかわからない年齢《ねんれい》でもあるのだから、別れの時に後悔《こうかい》しないよう、会えるときに会っておくべきだ。

「だって、亡くなったら二度と会えなくなるんですから」

そう、二度とだ。

どんなに後悔しても、相手が死んでしまったら終わりだ。その後悔を晴らす機会さえもらえない。

その哀《かな》しみを、フェリシアは二回も味わっている。前世と、今世で。

「……不思議だね。君が言うと妙《みょう》に説得力というか、迫力《はくりょく》があるね。本当にそうしたほうがいいように思えてくる」

「でしたら」

「でもごめんね、フェリシア。これだけは、君の頼《たの》みでも聞けそうにないんだ」

「え？」

そのときフェリシアの目に映った彼は、いつもの微笑《ほほえ》みを浮かべていた。寸分の隙《すき》もない微笑みを。

最近は、二人きりのときであれば、ほとんど見なくなっていたのに。

（なんで、今……？）

「ウィル、あの、少し話をしませんか。もしかして陛下との間に何かあったんですか？」

自分でもよくわからない焦燥《しょうそう》が胸を過《よ》ぎる。

このまま彼と別れてはいけないような、そんな予感がひしひしとする。

「いや、そんな大それたことじゃないよ。……ごめん、そういえばやり残した仕事があったんだった。今日はもう戻《もど》るよ」

「待ってください、ウィル。それ絶対嘘ですわよね？　違うんです、私はただ……っ」

彼を引き止めようと伸《の》ばした手が、初めて彼に拒絶《きょぜつ》される。振り払われたわけではない。手を叩《はた》かれたわけでもない。

ただ、伸ばした手を無視された。躱《かわ》された。

(私は、ただ)

ウィリアムが部屋を出て行く。

その背中が名残惜《なごりお》しさを伝えるように振り返らなかったのも、初めてのことだった。

(私はただ、あなたの話を、聞きたかっただけなのに)

それを拒絶されたということは、彼にとっての禁域に、フェリシアは踏《ふ》み込んでしまったということだ。

喧嘩《けんか》にもならなかったこの状況が、その証拠《しょうこ》のように思えた。

第二章　すれ違いたかったわけじゃないんです

あの喧嘩未満の出来事があってから、フェリシアとウィリアムの間には、とても奇妙《きみょう》な空気が流れている。

フェリシアはてっきり、今後自分は避《さ》けられるものだと思っていた。それがずっとでなかったとしても、彼にとっての禁域に踏み込んでしまった自分を、彼はしばらく遠ざけるだろうと。

しかし予想外なことに、特に避けられることもなく、これまでと変わることもなく、彼は隙間時間を利用してフェリシアの許《もと》を訪ねてくる。

それが、逆に違和感《いわかん》を募《つの》らせた。

まるでウィリアムが、今までと変わらない時間を演出しているような、そんな違和感。

（なんて言うんだろう。こう、魚の小骨が喉《のど》に引っかかったような、微妙《びみょう》にもどかしい感じ）

言葉にするのが難しい。だからこそ、フェリシアはこの状態を誰《だれ》にも相談できずにいた。

表面上は何も変わらない。仲睦《なかむつ》まじい王太子とその婚約者。

ウィリアムは相変わらず多忙《たぼう》を極《きわ》めており、フェリシアの日常も変わらない。

それでも、二人の間に流れる空気が、少しだけ変わってしまった。

（ウィルはきっと、次いつ私に陛下の話をされるかと警戒《けいかい》していて。私はそんなウィルに、たぶん、遠慮《えんりょ》してるのよね。だからかしら、たまに微妙な沈黙《ちんもく》ができるのは）

フェリシアは現在、気分転換《てんかん》として図書館に来ていた。ステンドグラスが美しい王宮内の図書館だ。ここはさすが国内で二番目の大きさを誇《ほこ》るだけあって、蔵書量が尋常でない。

ちなみに一番大きいのは王都の国立図書館だが、フェリシアは行ったことがないのでいつかは行きたいと思っている。

（今までは沈黙なんて、気にならなかったのに）

はぁ、と開いていた本にため息を落とす。

大好きな毒草図鑑《ずかん》を眺《なが》めているはずなのに、頭には全く入ってこない。

むしろ先ほどから次々と脳裏《のうり》に浮《う》かぶのは、ウィリアムとの沈黙が続いた場面だった。


たとえば、ある夜なんかは。

『そういえば、月光草《ルアル》の大量栽培《さいばい》にはまだ目処《めど》が立っていないんだってね？』

『ええ、実はそうなんですの。思ったよりも繊細《せんさい》な子で、オルデノワから持ってきた種もすでにいくつかだめにしてしまったんです。土か、水か、気候か。何が原因なのかは調査中ですけど、まだ時間がかかりそうですわ』

『そうなんだ』

『はい』

『……』

『……』

　きっと、いつものウィリアムなら、そこで会話が途切《とぎ》れることはなかっただろう。

　一見完結したように見える会話だが、いつもの彼なら「ちなみにどんな調査をしているの？」だったり、「こんな方法はどうかな」だったり、必ず中身を膨《ふく》らませてくれる。

　だから彼との会話は楽しくて、ついつい夜更《よふ》かししてしまうときもあった。

　でも、この日はフェリシアが別の話題を切り出すまで、結局このなんとも言えない沈黙は続いた。


　また別の日には。

『ウィル、ドレスのことなんですけど』

『うん、なんだい？』

『デザインが全部一昔《ひとむかし》前のものらしいんです。今は胸元《むなもと》も、場合によっては背中も大胆《だいたん》に開いたものが流行《はや》っているらしいんですけど、持ってくるカタログを間違えました？』

『……』

『私もさすがに背中までは遠慮したいですけど、首元まで全部覆《おお》われているのは、ちょっと暑そうだなって思うんです。何よりあなたの隣《となり》に並ぶわけですから、誰にも文句を言われないものを着たいなって。なので、お忙《いそが》しいところ申し訳ないですけど、今度新しいカタログをお願いしてもいいですか？』

『……』

『ウィル？　あの、聞いてます？』

このときの沈黙は若干《じゃっかん》種類が違《ちが》ったように思わなくもないが、ここ最近で一番長い沈黙時間だったのは間違いない。

とまあ、こんなふうに。

これまでは会話に困ったことなんてなかったのに、ウィリアムとの会話が途切れることが多くなった。

「はぁ……」

「八回目、ですね」

「え？」

過去に思考を飛ばしていたら、やけに近くで知らない声が聞こえて、意識を現実に引き戻される。バニラのような甘い香《かお》りが鼻腔《びこう》をくすぐった。

その香りに導かれて振《ふ》り返ると、そこにはこの図書館でよく見かけるようになった銀髪《ぎんぱつ》紅眼《こうがん》の青年が立っていた。

まるでステンドグラスの女神《めがみ》像が飛び出してきたような神々《こうごう》しさだ。ウィリアムよりも中性的——否《いな》、女性的な美貌《びぼう》の持ち主。見慣れないはずのおかっぱは、彼のために考案された髪型《かみがた》のように思えるほどよく似合っていた。

「突然不躾《とつぜんぶしつけ》に申し訳ございません。よくお姿は拝見しておりましたが、こうしてお話しするのは初めてですね、グランカルストの第二の姫君《ひめぎみ》。僕はアルフィアスと申します。姓《せい》はとうの昔に捨ててしまっているので、どうかご容赦《ようしゃ》ください」

自己紹介《しょうかい》されて、引っかかるものを感じながらも、フェリシアは椅子《いす》から立ち上がった。

「わたくしも、よくこちらであなたを見かけておりました。仰《おっしゃ》るとおり、グランカルスト第二王女のフェリシア・エマーレンスと申します。後ろに控《ひか》えているのがわたくしの騎士《きし》、ライラ・ファティリムですわ」

紹介されて、ライラが軽く一礼する。

その表情がいつもより硬《かた》いのは、アルフィアスと名乗った青年が姓を隠《かく》したからだろう。王族への挨拶《あいさつ》で姓を名乗らないのは、失礼に当たる。

普段《ふだん》のフェリシアであれば、もちろん注意した。優《やさ》しさとなめられることは違うから。

でも今日そうしなかったのは、つい最近触《ふ》れてはならない事情に触れてしまって、今なおそのダメージを引きずっているせいである。

「それで、アルフィアス……様は、わたくしに何か御用《ごよう》でしたか？」

「アルフィアスで構いませんよ。いえ、特にこれといった用はありませんが、最近よくお見かけするなと思いましたので」

姓を呼べないので困っていたら、相手から助け船を出される。お言葉に甘えて呼び捨てることにした。

「そういうアルフィアスも、最近よく見かけますわ。ここにはお仕事か何かで？」

「ええ。僕は文官として働いておりまして、近頃《ちかごろ》は調べ物にやってくるのです。人事異動の関係でこれまでとは全く違う業務を担《にな》うことになりましたので、勉強ですね」

「まあ。努力家ですのね」

純粋《じゅんすい》にすごいと思って褒《ほ》めたのだが、お世辞と捉《とら》えられたのか、彼はにこりと微笑《ほほえ》むだけだった。

フェリシアは、特にそれに機嫌《きげん》を悪くしたとか、そういうわけではなく。

ただ驚《おどろ》いた。その微笑み方が、ウィリアムに似ていたから。

まるで作ったような、仮面の微笑み。

王宮は魔窟《まくつ》とも言われるので、皆《みな》似たような処世術を身につけざるを得ないのかもしれない。

「姫君はなぜこちらに？　失礼ながら、八回ほどため息をついておられましたので、今日お声をかけたのはそれもあってです」

「そ、そうでしたか。八回も」

自分にびっくりする。

なるほど。どうやら最初の「八回目、ですね」はついたため息の数のことだったらしい。

「何かを眺めながらでしたので、原因はそれでしょうか？　いったい何をご覧に？」

「え、あのっ、これは別に、ため息には関係なくて……！」

フェリシアは慌《あわ》てて図鑑を後ろに隠した。

まさか王太子の婚約者《こんやく》が毒草の図鑑を見ていただなんて、知られるわけにはいかないからだ。顔に似合わず強引《ごういん》なアルフィアスに、少し戸惑《とまど》いを覚える。

が、手遅《ておく》れだったようで。

「ああ、それですか。随分《ずいぶん》と懐《なつ》かしいものをお読みになっていますね」

「え……？」

予想外の反応に目を点にする。懐かしい？　この図鑑が？

「僕は昔、教師をやっていたことがありましてね。どんな知識も仕込んでほしいというご要望から、そちらの図鑑を使用して毒草の知識を教えたことがあります」

「まあ、まあ！　素敵《すてき》ですね、その授業！」

「そ、そうですか？」

「ええ！」

そんな素敵な授業があるなら自分が受けてみたかった、と思うくらいには魅力《みりょく》的な授業だと思う。

「どうやら姫君は、毒草に大変興味がおありのようで」

「あっ」

しまった、と思っても今さら遅《おそ》い。

ゲイルのこともあり、ウィリアムにはよく注意されるのに、どうしても興味のあることだと自分を止められなくなるのが悪い癖《くせ》だ。

青ざめたフェリシアに何を思ったか、彼はくすりと綺麗《きれい》に微笑んで。

「わかりました。では僕が今日知ったことは、ここでの秘密にしましょう。その様子ですと、あまり他人《ひと》には知られたくないようですからね」

「！　い、いいんですの？　えっと……」

「心配なさらなくても、言いふらしたりしませんよ」

（うっ……後光が見える。なんて良い人なの、この人！）

天使みたいだわ、とフェリシアは思った。

現実感のない美貌と穏《おだ》やかな雰囲気《ふんいき》も、その感想に拍車《はくしゃ》をかける。

(こんなに綺麗で賢《かしこ》くて優しい人、今まで見たことないわ)

だから、そのせいだろう。ついその神々しさに縋《すが》りたくなってしまい、神頼《かみだの》みの如《ごと》くこんなことを頼んでしまったのは。

「あの、ちなみに今、少しお時間よろしいですか？　ちょっとお願い事がありまして。できればわたくしに、あなたの御慈悲《ごじひ》を恵《めぐ》んでくださいませ……！」

「じ、慈悲、ですか？」


誰《だれ》が聞いても戸惑うようなお願いをしてからの、ここ数日。

フェリシアは、図書館に併設《へいせつ》されている小さな会議室にて、何度かアルフィアスによる〝講義〟を受けていた。

今日もその講義を受講中だ。護衛であるライラは、退屈《たいくつ》そうに部屋の隅《すみ》に立っている。

「──では、この国と瘴気《しょうき》の関係は、いまだに解明されていませんの？」

「仰るとおりです。姫君も歴史を学ばれてご存じのとおり、ここシャンゼルは世界で最初に神々によって生み出された国です。そのシャンゼルを起点に、他《ほか》の様々な国が造られていきました。シャンゼルは他国から『始まりの国』と呼ばれることがありますが、由縁《ゆえん》はそれです。ですがそんな歴史の長いシャンゼルも、〝瘴気〟という言葉が登場するのは、国が生まれてだいぶ経《た》ってからのこと。つまり、最初は瘴気なんてものは存在していなかった可能性が高いのです」

「そうでしたの……」

フェリシアの言った御慈悲とは、この国について教えてほしいという意味だった。

そしてそのお願いにかこつけて、ウィリアムと国王の関係を探《さぐ》れないかと、機会を窺《うかが》っている。

というのも、ウィリアムとの今の状況《じょうきょう》に悩《なや》んでいるフェリシアだが、気まずくなった原因である国王と彼の関係について、ライラはこれといって知らないと言い、ジェシカは全く何も知らないと言ったため、手詰《てづ》まりを起こしていたからだ。

そりゃあ上司のプライベートなど、必ずしも部下が知っているわけではない。ゲイルなんて以《もっ》ての外《ほか》で、あのときの薬は、単にお使いを頼まれただけのことだったらしい。

ならばウィリアム本人に訊《き》けばいいと思ったけれど、一度失敗している身としては、この微妙《びみょう》な雰囲気さえ壊《こわ》す勇気が出なかったのだ。

（それに、あからさまに訊かないでオーラを出されてるんだもの）

ということで、ちょっと違《ちが》う方向から攻《せ》めてみた次第《しだい》である。

　国王とウィリアムのプライベートの様子がわからないなら、仕事での二人の様子を探ればいい。もしかしたら、そこから何かわかることもあるかもしれない。文官であるアルフィアスなら、騎士のライラより仕事で関《かか》わる頻度《ひんど》は高いだろうと踏《ふ》んだゆえの〝お願い〟だった。

(そう、そこまではいいのよ。我ながらちょっとやりすぎかなと思わなくもないけど、ウィルとずっとこのままってわけにもいかないし。ただ……)

ただ、攻めてみたのはいいけれど、思いの外アルフィアスの講義が面白《おもしろ》く、気づいたらがっつりとシャンゼルの歴史を学んでしまっていたのがいただけない。アルフィアスもアルフィアスで、息抜《いきぬ》きと称《しょう》して薬学についてまで講義をしてくれたり、嫌《きら》いな貴族のあしらい方という変わった授業もしてくれたりと、元教師のスイッチが入ったらしく、嫌《いや》な顔一つせず教えてくれる始末だった。

　これがただ教えを請《こ》うためのものだったなら、何ら問題はなかったのだ。

(でも今はそうじゃないでしょう私!)

自分で自分に突《つ》っ込む。さすが元教師。恐るべし元教師。人に教えるのがとにかくうまいせいで、フェリシアは途中《とちゅう》から本来の目的を忘れてしまっていた。忘れさせるくらい、とにかく人の関心の引き方がうまかった。

　どう話せば相手が興味を持ち、どう話せば相手が理解しやすいか。生徒《フェリシア》の表情、視線、仕草、その全《すべ》てから彼は読み取ってしまうのだ。

そうして――。

「では、本日はここまでにしましょうか」

今日もまた、訊きたいことを訊けずに終わってしまった。

さすがに焦《あせ》ったフェリシアは、これまでのように満足して帰ることはせず、「あの」とか「その」とか、煮《に》え切らない返事をした。

気づいたアルフィアスが、やはり嫌な顔一つせずフェリシアの反応を拾ってくれる。

「どうされました？　何かわからないことがあれば、遠慮《えんりょ》なく質問してくださって構いませんよ。わからないまま終わるほうが良くありませんからね」

いやもう本当に天使ですかあなたは、と本気で拝みたくなったフェリシアだ。

「えぇっと、そうですわね、その、質問というより……いえ質問は質問なんですけれど、ただその、ちょっと違う質問があるといいますか」

ここまできても勇気の持てない自分が、ちょっと情けなく感じてくる。

「はい、どんな質問でも結構です。僕に答えられることであればお答えしますから」

（うっ）

アルフィアスの優《やさ》しさに胸がじんとした。こんな先生が自分の家庭教師だったら、それがたとえどんなに苦手な学問だろうと、期待に応《こた》えるため絶対頑張《がんば》ったに違いない。

だからこそ、罪悪感も湧《わ》いてくる。アルフィアスは純粋《じゅんすい》に、そして善意で勉強を教えてくれているのに、自分の本当の目的がそれではないから。

これ以上、彼の時間を奪《うば》うわけにもいかない。

「あの、本当に、勝手な質問になってしまうのですが」

講義で使用した本を胸の前で抱《だ》きしめながら、恐《おそ》る恐る口にする。

ここまで親切にしてもらったからこそ、余計に言いにくくなってしまっている。

「じ、実は……」

「姫君《ひめぎみ》」

「は、はい！」

そのとき、アルフィアスが我知らず俯《うつむ》いていたフェリシアの顔を覗《のぞ》き込むように、目の前で腰《こし》を折っていた。

「ゆっくりで大丈夫《だいじょうぶ》ですよ」

「え？」

「どんな質問でも、僕が自身の生徒を馬鹿《ばか》にすることはありません。煩《わずら》わしく思うこともありません。それが、たとえ学問以外の質問でもです。ですから、ゆっくりで構いません」

「！　……気づいて、たんですか」

「ええ。自慢《じまん》ではないですが、人の感情の機微《きび》には聡《さと》いほうなんです。姫君は熱心で良い生徒ですが、たまに何か言いたげに僕を見ていましたので、なんとなく。いつ訊いてくれるのかと、実は心待ちにしていました」

慈愛《じあい》に満ちた微笑《ほほえ》みに、今度こそ胸を貫《つらぬ》かれる。

「なんだか申し訳ありません。まさか自分がこんなに情けないとは思ってませんでしたわ」

「情けないなんてことはありません。誰だって何かを訊《たず》ねるには、それなりに勇気が要《い》るものです。少なくとも、僕はそう思っていますよ」

ああ、本当に優しい人だ。フェリシアの目的に気づいていたにもかかわらず、彼はそれを追及《ついきゅう》することもなく、フェリシアに付き合って講義までしてくれていたなんて。

本当は、この国についてアルフィアスから訊く流れで、どうにか王族の話に持っていき、そのまま現在の国王と王太子の様子を訊けないかと画策していた。それが数分前までのフェリシアの作戦だった。

けれど、アルフィアスにここまで気を遣《つか》わせたのに、まだ誤魔化《ごまか》すような真似《まね》はしたくない。彼の時間を使わせてしまったお詫《わ》びも込めて、全ての事情を正直に話そう。フェリシアはそう腹を括《くく》る。

(それに……)

ふと脳裏に浮《う》かんだのは、最近のウィリアムだ。

フェリシアがらしくもなく他人まで巻き込んだ、原因。

全然笑ってくれなくなった、婚約者《こんやく》。

(作り笑顔《えがお》ばっかりのウィルなんて、もう見たくないもの)

だって二人は婚約者なのに。フェリシアが疑う余地もないくらい想《おも》ってくれているのは彼であり、フェリシア自身も、彼を大切に想っている。

そんな相手に仮面の表情ばかり見せられては、さすがのフェリシアだって思うところがある。寂《さび》しい、と。

その仮面の下に全てを隠《かく》そうとする彼は、だってまるで、こちらに背中を向けているようだから。

「お言葉に甘えて、伺《うかが》ってもよろしいですか?」

「はい、なんなりと」

「私事《わたくしごと》で本当に本当に申し訳ないんですが、訊きたいのは、殿下《でんか》と陛下のことなんです」

そこでぐっと、覚悟《かくご》を決めたようにスカートを握《にぎ》って。

「殿下と陛下は、いったいどんな親子でしょうか。特段不仲とは聞いたことがないですけど、実際はどうなんでしょう。仲は良いですか、悪いですか? 差し支《つか》えなければお仕事中の二人の様子とか、教えてもらえると嬉《うれ》しいのですが、アルフィアスはご存じですか? それともお二人って、仕事ではあまり関わらないのでしょうか。でも殿下は唯一《ゆいいつ》の後継《こうけい》と聞いてますから、そんなことはないだろうと勝手に思っていたのですが、わたくしの勘違いでしょうか？」

捲《まく》し立てるように続けて。

「実はわたくし、お恥《は》ずかしながら殿下のそういう話をあまり知らなくて。本当は本人に訊くのが一番だとはわかっているんですが、色々事情もあって訊けなくて」

「はぁ……」

「だからもう、正直どうすればいいのかわからないんです。ですからもし、もしアルフィアスが何か知っていたら、些細《ささい》なことでも構いません、教えてくれませんか⁉」

しまった、とフェリシアが気づいたのは、アルフィアスがおっかなびっくり目を開けているのを認識《にんしき》したときだった。

いくら相手の許しがあったとしても、ちょっと勢いが過ぎたかもしれない。と、我に返ったのは、全てを言い切った後だった。

天使のように優しいアルフィアスでも、さすがに想像を超《こ》えた質問だったのだろう。

普段《ふだん》のフェリシアなら、こんな失敗はしなかった。

けれど、講義という名の親交でアルフィアスを信頼《しんらい》するようになっていたことと、自分で思っていた以上に溜《た》まっていたストレスが、フェリシアの口を軽くさせたらしい。

やっぱり言わないほうが良かったと、少しだけ後悔《こうかい》した。

「なるほど、そういうことでしたか」

アルフィアスに落ち着かされたあと、フェリシアはもう一度順を追って事情を説明した。

国王とウィリアムについて知りたいこと。二人の関係について知りたいこと。まさか国王の体調が悪いことは保安上吹聴《ふいちょう》できないので、結婚するにあたり、今後のために知っておきたいのだと誤魔化して。

「ただ、申し訳ございません、姫君。確かに姫君の考えるとおり、文官の中には陛下と直接お言葉を交《か》わす者もおりますが、それは限られた者のみなのです。そして僕は職務内容的に、国王陛下とはその機会も、権利もありません。僕が直接お言葉を交わせる権力者は、王妃《おうひ》殿下までなのです」

ゆえに、王と王太子の関係は存じ上げません、と。アルフィアスが申し訳なさそうに答える。

「いえ、そんなっ。アルフィアスが謝ることはありませんわ！　わたくしが勝手な質問をしたのがいけないんです」

でも、そうとわかっていても、やはり落胆《らくたん》してしまうものはしてしまう。

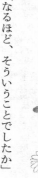

これはアルフィアスがどうこうという問題ではなく、フェリシアの考えられる手がかりがこれで潰《つい》えてしまったからだった。

これではもう、どうやってウィリアムの笑顔を取り戻《もど》せばいいのかわからない。

(原因がそこにあるかもって思ったから、こんなことまでしたのに)

自分一人じゃどうにもできなくて、悪化させて、他人様《ひと》まで巻き込んだ。なのに、解決の糸口すら見つけられなかった。

なんだか一人で空回っただけのような気がして、きゅっと唇《くちびる》を噛《か》む。気を抜《ぬ》けば泣いてしまいそうだなんて、こんな自分にフェリシア自身が驚愕《きょうがく》を隠せなかった。

「姫君《ひめぎみ》？」

対面から、アルフィアスの心配そうな声が届く。そりゃあ目の前に俯いたまま黙《だま》ってしまった人間がいれば、誰《だれ》だって気になるだろう。

(迷惑《めいわく》ばかりかけて、本当に情けないわ)

せめて大丈夫だと応《こた》えたいのに、今はまともな愛想笑《あいそ》いができそうになかった。たとえ無理やりそれをつくったとしても、なんとなく、アルフィアスには通用しない気もした。

だから顔を上げられなくて、悪循環《あくじゅんかん》的にさらに心配したアルフィアスの声が、だんだんと近づいてくる。

俯けていた視界に、彼の足先が入った。

「姫君。もしかして本当は、他《ほか》に何か悩《なや》み事があるのでは？」

さすがに鋭《するど》い。いや、今回ばかりは自分がわかりやすいのかもしれない。

うまく笑えないからといって、このままというのは申し訳なさすぎる。下手でもいいからとにかく笑おうと、フェリシアが顔を上げたとき――眼前に、大きな手が迫《せま》っていた。

予想もしていなかったそれにびくりと肩《かた》を震《ふる》わせたのと、ライラが彼を止めたのは、ほぼ同時だった。

「申し訳ございませんが、それ以上は許容できません。手を引いてください」

ライラの手が、アルフィアスの手首を摑《つか》んでいる。

「えーと、危害を加えるつもりはありませんよ？」

止められたアルフィアスは、両手を挙げて敵意なんてないとアピールする。

フェリシアもそうだろうと頷《うなず》いた。なぜなら、もし彼に敵意があったのなら、今このタイミングではなくもっと前にフェリシアを害するチャンスがいくらでもあったからだ。

しかしライラにとっては、それは警戒《けいかい》を解く理由にはならなかったらしい。

「敵意に関係なく、王太子殿下の婚約者に許可なく触《ふ》れる行為《こうい》は看過《かんか》できません」

「ああ、それはそうですね。申し訳ありません、考えが足りませんでした」

なるほど、とそこでフェリシアも、ようやくライラの警戒の意味を理解する。

彼女が止めるまでその可能性に気づきもしなかった自分が、やっぱり情けなくて仕方なかった。

「いいえ。アルフィアスが謝る必要はありませんわ。ライラもごめんね。ありがとう」

今度こそ無理やり笑みをつくる。思ったとおり、うまくは笑えなかった。

ライラが何か言いたそうにフェリシアを見つめてきたが、それには気づかないふりをする。

はぁ、と我知らず肩を落とした。

喧嘩《けんか》をしたわけでも、嫌《きら》いになったわけでも、たぶん嫌われたわけでもないけれど。

初めてウィリアムに会ったときよりも距離《きょり》を感じるのは、きっと気のせいではないとわかっている。

一方、フェリシアとの間に開いた心の距離に、この男が気づかないはずがなかった。

「……失敗した」

「何か判断ミスでも？」

ウィリアムの吐息《といき》ほど小さな呟《つぶや》きを拾ったのは、会議が終わり、椅子《いす》から立ち上がろうとしていたゴードンだ。各大臣たちを招集した定例会だったのだが、宰相《さいしょう》であるゴードン以外は皆《みな》さっさと各々《おのおの》の職場に戻っていく。

ゴードンだけは、この後もウィリアムへの報告が残っているため、まだ席を立たない王太子に合わせて部屋に留《とど》まっていた。

「ゴードン、陛下の容態は？」

質問に質問を返しても、有能な男はさらりと答える。

「今回はそれほど深刻な発作《ほっさ》ではなかったようで、昨日《さくじつ》は寝室《しんしつ》からも出られたと聞いています」

「そう。何か言いたそうだね」

「いえ。気になるなら見舞《みま》いに行けばよろしいかと思っただけですが」

「あなたは遠慮《えんりょ》がないから助かるよ」

「お褒《ほ》めにあずかり光栄です。行く気がないなら戻りましょう。仕事が溜まっております」

「褒めてはないんだけれどね。あと本当に遠慮がなくてイラッとする」

「その割にお顔は笑っておられますが」

「もとからだよ」

にっこりと微笑《ほほえ》むウィリアムのこめかみには、見事な青筋が浮《う》き出ていた。

王宮という名の魔窟《まくつ》で二十年以上も闘《たたか》ってきた猛者《もさ》の宰相だが、さすがにウィリアムを本気で怒《おこ》らせるのは得策ではないと悟《さと》ったのか、それ以上は何も言い返してこない。

連れ立って執務室《しつむ》に戻ると、ウィリアムは執務用の椅子ではなく、手前にある応接用のソファに座った。

ゴードンの片眉《かたまゆ》が上がる。

「まだ仕事は終わっておりません」

「知っているよ、それくらい。むしろあの量は終わることがあるのかい。陛下と自分の分、二人分の業務量だ。さすがの私も疲《つか》れるんだよ」

「なるほど。確かに今日はやけに機嫌《きげん》が悪いように見受けられます。王女殿下《でんか》と何かありましたか」

「……なんで疑問形じゃないんだろうね」

断定的な言葉に、内心で苦虫《にがむし》を噛み潰す。

「殿下が周囲に当たるほど機嫌が悪くなるのは、決まって王女殿下が絡《から》むときです。気づいておられなかったのですか？」

図星だった。露《つゆ》とも気づいていなかった。

だから何も言えなかった。

「殿下は〝怒《いか》り〟さえも自分でコントロールしてしまうお方。逆に言えば、コントロールできるほどの怒りしか普段《ふだん》は感じないのでしょう。ですが、王女殿下が関《かか》わると違《ちが》います」

どこまでも的を射た宰相の観察眼を、さすがと褒めてやるべきか、勝手に観察するなと咎《とが》めるべきか。

許されるなら、今ここで頭を抱えてしまいたい。

「それで、何がありました。仕事に支障を来《きた》すようであれば、私も黙ってはおりません」

「いや、問題はない。特に喧嘩をしたわけでもないからね。ただ……あなたと同じことを言われただけだ。陛下の見舞いに行かないのかとね」

ウィリアムも、本当はわかっていた。見舞いに行くべきだということを。

そもそも親である以前の問題として、この国の王が倒《たお》れたのだ。今は国王の体調不良については箝口令《かんこうれい》をしているが、その事実を知る一部の人間は、皆《みな》見舞いに、もしくは見舞いの品を送ってきている。

まあ、どうせ自分が行ったところで、見舞いに来る暇《ひま》があるなら仕事をしろと言ってきそうな人ではあるけれど。

どちらにしろ、見舞いに行く気が起きない自分は、間違いなく薄情《はくじょう》だと自覚している。

(こんな私じゃあ、フェリシアに嫌われるかな)

そんな情の薄《うす》い男はごめんだと。

これまで他人にどう思われようと気にしたことはなかったけれど、相手がフェリシアだと途端《とたん》に怖《こわ》くなる。

そのせいで、最近はまともに彼女の顔を見られていない。

会話すら、まともに交《か》わせていない。

（フェリシアは勇気を出して闘ったというのに、自分はこの様《ざま》か）

いっそ笑えてくるほどだ。彼女は自分に毒を盛った相手にも臆《おく》さず立ち向かったというのに、対して自分はどうだろうと考える。いつまで過去を引きずるつもりなのかと。

命を狙《ねら》われたわけではない。死を望まれたわけでもない。

ただ、孤独《こどく》になることを強制されただけだ。なのに。

「はぁ」

気づけばため息が出ていた。

「そういえば殿下、例の件、承諾《しょうだく》の返事が来ております」

「例の件？　――ああ、あれか。さすが義兄上《あにうえ》。ならもうとっくに国は出ているね。もてなす準備をしておいてくれ」

「かしこまりました」

「……ところで、おまえはいつまでそこで聞き耳を立てているつもりかな、ゲイル」

横目で自分の執務椅子を見やれば、裏側を向いていたそれが独りでに回った。

ゴードンが息を呑《の》む。気づいていなかったのだろう。彼は根っからの文官だから、気配を読むことには慣れていない。

対してウィリアムは、この部屋に入ったときから気づいていた。だからソファに座ったのだが。

「はいはーい、殿下のお呼びとあらば飛び出ないわけにはいきません。みんなの人気者ゲイル・グラディスでっす！」

「呼んでない。飛び出なくていい。今日はおまえに付き合う気力がない」

「あー、ね。王女さんという癒《い》やしを失ってますからねぇ、今の殿下」

「本題は」

「うわ早い。本当に全然相手してくれない。まあいいっすけどぉ。俺は殿下と違ってー、王女さんときゃっきゃうふふーってあそ――」

「本題は」

「あ、はい。すんません。マジギレでしたね。やー、あの、その王女さんがですね？　なんというか、どこかの男に泣かされた？　みたいな？　感じらしくってですね？　一応報告はしておこうかなーなんて」

「は――？　泣かされた……？　フェリシアが？」

どういうことだと、ふざけた男に詰《つ》め寄った。

ふざけた男ではあるが、彼は存外フェリシアを気に入っている。趣味《しゅみ》が同じだからというが、それだけではないだろうことはお見通しだった。

この男もまた、彼女の折れない光に魅《み》せられたのだろう。

ゆえに、彼女のことで彼が嘘《うそ》を報告することはない。
「えーっと、でも俺も、実は詳細《しょうさい》を知らないんですよ。俺がたまたま留守番だったときのことなんで。ただ今日の王女さん、部屋に戻《もど》ってきてからなーんか様子がおかしかったんですよねぇ。や、最近はよくそういうこともあるんですけど。でも今日はそれに拍車《はくしゃ》がかかってたっていうか。で、王女さんの騎士《ラ イ ラ》さんに何かあったんですかって訊《き》いたら『最低腹黒野郎《やろう》に泣かされたようなものです』って舌打ちされ……――ってわあ、殿下はや。置いてかれた」

それから急いでフェリシアの部屋へ向かったウィリアムは、焦燥《しょうそう》を隠《かく》しもしないで侍女《ジェシカ》に彼女への取り次ぎを指示した。そんな、明らかに様子のおかしい自分を見て、侍女《じじょ》も慌《あわ》てて主人へと取り次ぎに行く。

待っている時間が長く感じられる。自分が冷静でないことを、冷静に分析《ぶんせき》しているのがなんだかちぐはぐだった。それほど動揺《どうよう》しているわけだが、そうと判断できても、落ち着くことはできなかった。

(理由なんてわかりきっている)

彼女が泣いたと聞いたからだ。自分以外の前で、自分の知らないところで――彼女が泣かされた。

「お待たせしましたウィル。急に訪ねてくださるなんて、どうかしたんですか？　まさかまた抜《ぬ》け出してきたんじゃ……」

呆《あき》れながらも部屋に通してくれる彼女の頬《ほほ》に、すぐさま手を滑《すべ》らせる。

彼女がそこで言葉を切った。こちらの考えを読み取ろうとじっと見つめてくる新緑の瞳《ひとみ》を、同じように見つめ返す。

目は特に赤くない。けれど、心なしか、いつもは瑞々《みずみず》しく輝《かがや》いている緑色が、今日は曇《くも》っている気がしてならなかった。

大切にしていたものを勝手に踏《ふ》みにじられた気分になって、腹の奥からふつふつと怒りが沸《わ》き立ってくる。

「フェリシア、正直に答えてくれるかい」

「？　何をですか」

「いったい誰《だれ》に泣かされた？」

「えっ？」

仰天《ぎょうてん》する彼女を、逃《に》がさないように両手で捉《とら》える。

彼女は優《やさ》しいから、きっと簡単には口を割らないだろう。でも自分の大切な人を勝手に傷つけられた身としては、黙《だま》ってなどいられない。

相手が男であるなら、余計にだ。

ぐつぐつ。ぐつぐつ。腹の底で煮《に》え立つものがある。

「あの、ウィル？　えっと、別に私、誰にも泣かされてませんよ？」

（ほら、やっぱりだ）

彼女の優しさが、こういうときは残酷《ざんこく》だ。

フェリシアが相手を庇《かば》おうとするだけで、彼女にも理不尽《りふじん》な怒《いか》りが湧《わ》いてくる。彼女は悪くないのだから、ここで彼女にこの醜《みにく》い感情をぶつけるのはお門違《かどちが》いだろう。

そうとわかっているはずなのに。

「お願いだ、フェリシア。誤魔化《ごまか》さないで正直に言って？　誤魔化されると、余計な勘《かん》ぐりをしてしまいそうになる」

「余計な勘ぐりって……」

「どうして君がその男を庇うのか、隠すなりの理由があるのか」

フェリシアが息を呑んだ。言われた言葉に衝撃《しょうげき》を受けているらしかった。

ウィリアム自身、こんな卑怯《ひきょう》なことを言う自分に嫌気《いやけ》が差しているのだから、言われた本人はウィリアム以上にそう感じたかもしれない。

しかし、大切だからこそ、抱《いだ》かずにはいられない感情だった。

「ウィ、ウィル……？　何か様子がおかしいですよ。どうしたんですかいったい。いつものウィルじゃないみたいです」

「それはそうだろうね。私は大切な人を勝手に傷つけられて平気なほど、我慢《がまん》強い人間ではないからね。しかもそれを隠されて、二人の間を疑わないほど寛容《かんよう》な男でもない」

勝手なことを押しつけられて、フェリシアが戸惑《とまど》っているのが雰囲気《ふんいき》で察せられる。

それでもなお、彼女は口を開こうとはしなかった。困ったように、どうこちらの怒りを鎮《しず》めようかと窺《うかが》っている様子が伝わってくる。

(……だめだ、落ち着け)

このままでは、言わなくていいことまで言ってしまいそうだった。

まさか自分がこんなふうに感情に呑まれそうになるなんて。幼かったあの日以来、一度もなかったことだ。

「やっぱり様子がおかしいですわ。きっと疲《つか》れてるんですよ。そのせいで悪い考えが浮《う》かんでしまうんです。だから今日はもう休みましょう？　ね？」

「疲れているのは否定しない。でも今はそういう話をしていないよ。どうして隠すんだい？」

「隠すも何も、ですから、何か誤解がありますわ」

「それはどんな誤解？　君が泣かされたこと？　それとも、君が男と会っていたこと？」

「なっ……本気で言ってますの、それ」

「それってどれのことかな」

「私が、他《ほか》の男性と会っていたって。その言い方じゃ、まるで……」

「違うの？　そうでないなら、どういう状況《じょうきょう》で泣かされることになったのか教えてほしいのだけど」

「……っ、それは、だって、ウィルが……！」

「私が？　私のせい？」

「～っなんでそんな意地の悪い言い方をするんです⁉」

「だって君が何も教えてくれないから」

「誤解だって答えたじゃないですか！」

フェリシアが叫《さけ》ぶ。彼女が瞳に怒りを宿して自分を睨《にら》んできたのは、これが初めてかもしれない。

そう思ったら、無意識のうちに彼女へと手を伸《の》ばしていた。

ごめん言いすぎたと、謝ろうとしたのか。それとも自分から逃げていきそうな彼女を、引き止めようとしたのか。

届く寸前で、その手はフェリシアによって払《はら》われる。ふわりと何かが鼻を掠《かす》めた。いつもの彼女の香《かお》りではない。バニラのような、濃厚《のうこう》な香り。

取り戻しかけた理性が飛ぶには、十分すぎるきっかけだった。

「ライラ」

それは、自分でも聞いたことがないくらい、低く冷たい声で。

「しばらくフェリシアを部屋から出すな。これは命令だ」

自分でもどこから出ているのかわからないくらい、地を這《は》うような声だった。

「な、ウィル⁉　突然《とつぜん》何をっ」

「対外的には体調不良にするから、誰が来ても通すな」

「……」

「ライラ、返事は」

「……御意《ぎょい》」

「ちょっと待ってください。急にどうしてそんなことっ」

「ごめんね、フェリシア。どうやら私は、君のことになると簡単に冷静さを失えるらしい。今は落ち着いて話し合える自信がないんだ。それに、今回はちょっと間が悪かった。君を──信じられる存在をまた失うのだけは、もう耐《た》えられないんだ」

「それはどういう……あっ、ウィル‼」

そう。彼女まで、昔のように失うわけにはいかない。昔──唯一《ゆいいつ》心を許せると思った存在を、失ってしまったあのときのように。

あの日からずっと、孤独《こどく》の日々だった。以前より誰も信じられなくなって、けれど、以

前より強く在らねばならなくて、誰にも頼《たよ》れない中ひとり立ち続けなければならない環《かん》境《きょう》は、より孤独感を強くした。

正直、寂《さび》しさに溺《おぼ》れた夜など数え切れないほどにある。

孤独は人を殺すとは、よく言ったものだ。確かに精神《こころ》が死にそうだった。

だから、あの人のことは諦《あきら》められても、自分をそんな孤独から救ってくれたフェリシアだけは絶対に諦められない。諦めるつもりもない。

(けどまさか、今さらあの香りを嗅《か》ぐことになるなんて……)

脳裏《のうり》に蘇《よみがえ》る過去のトラウマ。意図的に避《さ》けていた香りが、反動のように脳髄《のうずい》をじわじわと侵《おか》してくる。

信頼《しんらい》していた人に裏切られ、信頼できる人を失った痛みを、自分はいまだに克服《こくふく》できていなかったのだと、その香りがまざまざと突《つ》きつけてくるようで、ウィリアムはそっと壁《かべ》に寄りかかったのだった。

第三章 ⁂ 私だって本気で怒ります！

ウィリアムは、シャンゼル国王夫妻の間に生まれた、待望の男児だった。

夫妻の間にはなかなか子どもが生まれず、ようやく授《さず》かった命がウィリアムだった。

そしてもう、他には望めない子ども。

そのせいで、ウィリアムはそれはもう大切に育てられた。大切に、大切に。唯一の後継《こうけい》者《しゃ》として——厳しく。

『他人に簡単に気を許すな』

同年代の子どもと遊んでいたとき、父に言われた。

『陛下の言うことをよくお聞きなさい。あなたはいずれ、立派な王となるのよ』

母は飽《あ》きもせず、いつもそれだけを言って去っていく。

『国王陛下の御子《みこ》であるあなた様なら、これくらいはできていただかないと』

何人もの家庭教師が、出された問題に躓《つまず》いたとき、鞭《むち》をふるってそう言った。それがたとえ、年齢《ねんれい》に見合わない難題だったとしても。

遊ぶことを禁じられ、常に実力以上のものを求められ、誰《だれ》にも弱音を吐《は》けず、物心がついたばかりの子どもは、自分の存在意義に悩《なや》むことになる。

誰も〝自分〟を見てくれない。認めてくれない。

両親は必要以上に関《かか》わろうとはせず、逆に貴族は必要以上に関わろうとする。笑《え》みを浮かべていても、その裏で何を考えているかまではわからない。そのせいでウィリアムは、何度も命の危機に直面した。

ウィリアムは唯一の後継者だ。

逆を言えば、ウィリアムさえいなくなれば、その席は空席となり、他にチャンスが巡《めぐ》る。

そうしてウィリアムが命を狙《ねら》われるたび、父は、母は、こう言葉をかける。

――〝全《すべ》てはおまえが弱いからいけない〟

責めるべきは暗殺者であって、自分ではないはずだ。なぜ自分がそんなことを言われなければならないのか、幼いウィリアムには本気で理解できなかった。

しかし、悩み苦しみ続けたある日、ウィリアムは答えこそ見つけられなかったものの、自分がどう在るべきか――自分を守るための生き方を、ある人に教えてもらったことがある。

（気持ち悪い。なぜ今さら、過去のことなんて……）

フェリシアと再び出逢《であ》い、想《おも》いが通じ合ってからは思い出すこともなかった過去。

国のため、民《たみ》のために、おまえは在るのだと。そう言い聞かされて育ってきた。そう在ろうと生きてきた。

それでもやはり人間だ。人なのだ。支えなくしては立つこともままならない。

ウィリアムにとって、その支えとなるのがフェリシアだった。封《ふう》じたはずの過去を今さら思い出してしまうのは、そんな彼女と、もう何日もまともに顔を合わせていないからだろうか。

（ああ、やけに鮮明《せんめい》に思い出すなと思ったら、夢だからか）

夢の中の幼い自分は、まだフェリシアと出逢う前の、何も知らない、人の欲望に振《ふ》り回されるだけの無力な子どもだった。

本当は泣きたいのに、父がそれを許さないから、泣きたくても泣けない激情を奥歯を噛《か》みしめて耐える子ども。

そんな無知な子どもに、手を差し伸べる男がいた。

（……馬鹿《ばか》だな。その手を取らなければ、もう少しまともな生き方ができただろうに）

自分のことだというのに、他人事《ひとごと》のように思う。

夢の中の無知な子どもはその手を取った。記憶《きおく》にあるのと同じように。

男は優《やさ》しい声で、言葉で、初めてウィリアム自身を心配してくれた人だった。

（ああ、早く覚めないかな）

甘い香りが漂《ただよ》ってくる。夢の中なのに、今でも鮮明に思い出せる。お菓子《かし》よりも甘ったるい、吐き気がするほど濃厚なバニラの香り。

匂《にお》いの記憶は、他《ほか》のどの五感の記憶よりも脳に残るらしい。

（早く起きて、こんな甘ったるいものじゃない、花のように瑞々《みずみず》しいフェリシアの香りに包まれたい）

でも、そうできなくした己《おのれ》の所業を思い出して、ウィリアムはため息とともに目を覚ました。

ウィリアムに部屋から出さない宣言をされてから、何日経《た》っただろう。

フェリシアは、どうして彼がこんなことをするのか、自分が何かしてしまったのかと、毎日毎日しくしくと泣き暮らして――いるわけもなく。

「そろそろ私、怒《おこ》ってもいいわよね!?」

すでにちょっと怒っていた。

「いいと思いまーす」

「右に同じく」

「あ、えっと、私も大丈夫《だいじょうぶ》だと思いますっ」

順にゲイル、ライラ、ジェシカの同意を得て、フェリシアは満足げに頷《うなず》く。

「ありがとうみんな。ちょっと叫《さけ》びたかったの。おかげですっきりしたわ。それで私、色々と考えたのだけど――」

フェリシアは、なぜウィリアムが自分に外出を禁じたのか、ゲイルから事のあらましは聞いていた。

曰《いわ》く、フェリシアが他の男の前で泣いてしまったことが、一番の原因だという。完全に誤解である。

ゲイルはこう続けた。

『王女さんってほら、人に頼ることが苦手で、殿下《でんか》にも滅多《めった》に頼ろうとしないじゃないですか？　しかも基本的に泣かない。そんな王女さんが、自分じゃなくて他の男――それもぽっと出の男に頼ったあげく涙《なみだ》まで見せちゃったもんだから、ただでさえ最近微妙《びみよう》だったお二人なんで、色々と限界突破《とつぱ》しちゃったみたいっすねー』

『ちょっと待って。なんでゲイルがそんなこと知ってるのよ？』

『え？　そんなこと？』

『ぽっと出の男に頼《たよ》ったとか、そのあたりのこと』

ぽっと出の男というのは、おそらくアルフィアスのことだろう。それ以外に心当たりはない。

ただ、アルフィアスに講義をしてもらっていたとき、ゲイルは連れていなかったはずだ。

そう思って事情を詳《くわ》しく聞いていけば、ようやくウィリアムの勘違《かんちが》いの原因が判明した。

ライラがゲイルに愚痴《ぐち》った「最低腹黒野郎《やろう》に泣かされたようなもの」を、ゲイルが「最低腹黒野郎」＝「ぽっと出の男」と解釈《かいしゃく》し、「泣かされたようなもの」＝「泣いた」と変換《へんかん》してしまったことが原因だったらしい。

『も、申し訳ございません、王女殿下』

ライラが珍《めずら》しく顔面蒼白《そうはく》で謝罪してくれたが、フェリシアは特に気にしていない。ライラとしては、最低腹黒野郎＝ウィリアムのつもりで話したらしく、ある意味その見解は正しいからだ。

それに、フェリシア自身、自分の行動も迂闊《うかつ》だったと反省している。泣きはしなかったものの、隙《すき》を見せたのだから。

それもあって、最初は大人しく部屋に籠《こ》もっていた。これで彼が安心するならと、文字どおり部屋から一歩も出なかった。

が、その状態も何日か続けば、今度はフェリシアの我慢《がまん》が限界を突破するというものである。

「――脱出《だっしゅつ》するわよ」

「……へ？」

ジェシカがぽかんと口を開けた。

「もう我慢の限界だわ。確かに私も悪かったわよ？　それは認めてるの。反省もした。もうしません。反省文だって書いたわ！」

「他にできることなかったですからねー」

「でもよ？　でもね？」

突《つ》っ込むゲイルを無視して、フェリシアはぐっと拳《こぶし》を握《にぎ》る。

「ウィルだって悪いと思わない⁉」

力説した。

「もとはといえば、ウィルが何も話してくれないからじゃない。陛下のお見舞《みま》いに行かない理由だってそう。言いたくないならはっきりとそう言ってくれればいいのよ。でもそれだって曖昧《あいまい》に濁《にご》して、ずっとにこにこにこにこ。腹が立つわ、なにあの仮面《えがお》！　なんで私にもずっとああなの？　最近はやっと普通《ふつう》に笑ってくれるようになったのに。やっと素《す》を出してくれるようになったのに。なんでまた元に戻《もど》ってるの？　私はウィルの婚約者《こんやく》なんでしょ？　だからウィルだって、こうして私を部屋に閉じ込めてるんでしょ？　なら婚約者にもあの仮面をつけたままって、どう考えてもおかしいわよね？　変よね？　疲《つか》れないのかって心配にもなるわよね？　私どこも間違ってないわよね⁉」

ぜーはー、と肩《かた》で息をする。一気に捲《まく》し立てたフェリシアは、ジェシカがおろおろと心配するくらい、顔が茹《ゆ》で蛸《だこ》状態になっている。

けれど、この監禁《かんきん》生活数日のうちに溜《た》まったストレスは、ウィリアムとの喧嘩《けんか》未満のとのものを合わせて、かなりフェリシアの精神に悪影響《あくえいきょう》を与《あた》えていた。

「そういうわけで、脱出もとい家出してやるわ」

「うんうん、了解《りょうかい》しました！　このゲイル・グラディス、いつでもどこでも面白《おもしろ》そうなことの味方です。王女さんの脱出計画に乗りましょう！」

「よく言ったわゲイル！　もうこの際理由は気にしない」

「で、ですがフェリシア様、そんなことをして、もし殿下にバレたら……」

さらに状況《じょうきょう》が悪化するのではと、ジェシカが恐《おそ》る恐る進言する。悪化した先に何が待ち受けているのか、想像できないほど察しの悪い人間はここにはいない。が。

「それでももう我慢の限界よ。ずっとこのままじゃ、私、ウィルと結婚なんてできないわ……」

「フェリシア様……」

「ま、それもそうっすよねぇ。同じ男として俺はなんとなく殿下の暴挙に共感できるからあれですけど、普通、いきなり自分を閉じ込めるような男と結婚なんてしたくなくなりますよねぇ。百年の恋《こい》も一時に冷める的な」

　しかしここでフェリシアは首を傾《かし》げた。百年の恋も一時に冷める？　どうして今そんな言葉が出てきたのか、うまく呑《の》み込めない。

「ゲイルは冷めたことがあるの？　似たような状況で？」

「ええ？　いやいや、俺じゃなくて、王女さんの話ですよ。結婚、嫌《いや》になってきたんでしょ？」

「だからどうしてそんな話になるの？」

「結婚なんてできないって言ったじゃないっすか」

「それはそうよ。だってここから出してもらえなかったら、結婚式にも行けないじゃない？」

「「「…………」」」

　そのとき何かを悟《さと》ったように遠い目になったのは、何もゲイルだけではなかった。

「うわーマジか。知ってた。知ってたけど天然ってここまで怖《こわ》いもんでしたっけ。王女さん、頭はいいんですけどねぇ。でも馬鹿《ばか》なんですよねぇ。そりゃあ殿下も過度の心配性《しんぱいしょう》になりますよねぇぇ」

　はぁ、と呆《あき》れたように肩を竦《すく》められて、それがシンプルに苛《いら》ついた。

「わかったわ。あなたは置いていくことにする」

「え、酷《ひど》い！　俺も一緒《いっしょ》に行きますって。人が少ない道とか案内できますよ。こう見えて俺、元暗殺者っすからね。逃走《とうそう》ルートはいつでもどこでも確保してます」

「それ自慢《じまん》げに言うことじゃないわよ⁉」

こうしてフェリシアの脱出劇が始まった。


決行は、ウィリアムが大事な会談に参席しているときにした。

万が一脱出が早々にバレても、彼がすぐに追いかけられない状況を狙《ねら》ってだ。彼はある程度公私を分ける人間なので、部屋にいるはずの婚約者がいなくなっても、さすがに彼自身が追いかけてくることはないだろう。と願っている。

そして彼自身が追いかけてこないなら、フェリシアは逃《に》げ切れる自信があった。のだが。

(さっそく知り合いに遭遇《そうぐう》するとは思ってなかったわよ！)

それも、ウィリアムがあんな暴挙に出た元凶《げんきょう》と言えなくもない、アルフィアスに。

「ゲ・イ・ルぅ〜？　人のいない道なんじゃなかったの、ここ！」

フェリシアは小声でゲイルに詰《つ》め寄った。

「いやまあ、絶対とは言ってませんしねぇ」

ゲイルも小声で返すけれど、その顔は彼自身も「あれれ？」と不思議がっているようだった。

そして、あちらにとっても予想だにしなかったであろうこの遭遇に、アルフィアス本人は。

「お久しぶりです、姫君《ひめぎみ》。体調不良と伺《うかが》っておりましたが、もう回復されたようで何よりです」

とてもスマートに挨拶《あいさつ》をしてくれた。

フェリシアがドレスでなく町娘《まちむすめ》のような格好をしていて、明らかにこそこそと動いていたにもかかわらず、その全《すべ》てを見なかったように対応する彼には、なんて素晴らしいスルースキルを持っているのかと感動してしまったほどだ。

さすが中央の役人。これしきのことでは動じないらしい。

そしてさすがの危機察知能力である。関《かか》わると己《おのれ》が大変なことになると察したから、彼はフェリシアに何も問わないのだろう。

「ええ、お久しぶりですわ、アルフィアス。体調はまあ、そこそこ元気になりました。アルフィアスはいかがですか？　その、あれから特段、何もお変わりなく……？」

フェリシアも本当はすぐにこの場を離脱《りだつ》したかったのだが、一つだけ、気になっていることがあった。

それがアルフィアスの様子である。

あれほど怒《いか》りを露《あら》わにしたウィリアムが、アルフィアスのことを調べていないはずがない。

ウィリアムはフェリシアが泣いたと勘違《かんちが》いしているので、その被害《ひがい》がアルフィアスに行っていないかが気がかりだった。

「はい。僕のほうは、特にこれといって何も変わりありません」

「そうですか。それならよかったですわ」

安堵《あんど》の息を吐《は》く。

ならば長居は無用だ。ライラ、ジェシカ、ゲイルにアイコンタクトを送って、「それでは」と無難に別れてすれ違う。今日は運が悪い。長い廊下《ろうか》の先、曲がり角からふらりと現れた騎士《きし》の姿が視界に入った。

「ゲ・イ・ル〜⁉」

「いや、あれ⁉　なんで？」

まだ顔もはっきりと見えないような距離《きょり》だが、一直線の廊下だ。このまま行けば遭遇するのは必然で、騎士がアルフィアスのように事情を察してくれるとは限らない。

ゲイルはぶつぶつ「おっかしいなぁ」と本気で頭を捻《ひね》っているが、考察は後だ。面倒《めんどう》な事態を避《さ》けるべく、どこかで曲がるしかない。そう考えるも、どこにも曲がれる通路《みち》がない。ゲイルは当てにならないと学んだ。

「こちらへ」

「えっ？」

そのとき、アルフィアスが廊下の途中《とちゅう》の部屋の扉《とびら》を開け、中へ入るよう手招きしてきた。

男性との接し方を反省したフェリシアは、一瞬躊躇《いっしゅんためら》う。けれど、今はライラもジェシカもいる。ゲイルだっている。それより、ここで騎士に見つかって、万が一にでもウィリアムに報告されるほうが厄介《やっかい》だと判断した。

彼に見つかるには、さすがに早すぎる。

招かれるまま全員で部屋に入り、扉を閉めた。

だんだんと近づいてくる話し声が、扉を隔《へだ》てたすぐ目の前で聞こえる。

「いないな？」

「やっぱ悪戯《いたずら》だったんじゃねぇの、不審《ふしん》人物なんてさ。そもそも不審者が王宮にそんな簡単に入れるわけねぇよ」

「ま、それもそうか。とりあえず異状なしで報告しよう」

遠ざかっていく騎士たちの声が完全に消えたところで、フェリシアとジェシカは大げさに肩《かた》から力を抜《ぬ》いた。

「突然《とつぜん》失礼いたしました。余計なことでしたら申し訳ございません」

アルフィアスが丁寧《ていねい》に一礼する。

「いいえ、とても助かりましたわ。ありがとうございます」

「お役に立てたなら何よりですが……」

その歯切れの悪さに、フェリシアの勘がまずいと訴《うった》えた。先ほどは見逃《みのが》してくれるような気配を見せた彼だが、今は何か言いたそうに口をむずむずさせている。

さっさとここを去ろう。そう思ったときには、彼がもうその口を開いていた。

「姫君。これから僕が申し上げることは、あなたの従者でもない僕では差し出たことかもしれません。ですが、本来姫君を守る近衛騎士を避けたところを見て、口を出さずにはいられなくなりました。失礼ですが、姫君はどちらに行かれるご予定ですか？　つい最近まで体調を崩《くず》しておられたのに、まさか街に出かけるおつもりではありませんよね？　殿下《でんか》に内密で」

ぎくり。心臓が縮こまる。

本当に、これだから王宮は魔窟《まくつ》なのだと、フェリシアは内心で頭を抱《かか》えた。勘のいい人間が多すぎる。それだけ優秀《ゆうしゅう》な人間が多いということで、味方としては頼《たの》もしい限りだ。しかし、痛い腹を探《さぐ》られる側としては、ちっとも嬉《うれ》しくない。

「まさか、そんなはずありませんわ。わたくしのこの格好でそう思われたなら、誤解です。これはあれですわ、あれ。ね、ゲイル？」

「おっと無茶振《むちゃぶ》り来た。そうですねー、あれですねー。ね、王女さんの騎士さん」

「……」

ライラは無言でジェシカを見た。

「えっ、私ですか⁉　えっと、あれ、あれっていうのは、ええっと……」

悩《なや》んだジェシカが出した答えは。

「あれです！　お忍《しの》びのためです！」

嘘偽《うそいつわ》りのない答えだった。

ちゃんと答えられて満足げなジェシカ以外が、揃《そろ》って項垂《うなだ》れる。

(そうね、そうだったわ。ジェシカは嘘のつけない、純粋《じゅんすい》な子なのよ)

そしてそんな彼女を気に入ったのが、自分だ。

フェリシアは一つ頷《うなず》き、アルフィアスを真っ直《す》ぐ見据《みす》えると。

「そうです。ジェシカの言うとおり、お忍び用の格好ですわ」

一周回って開き直った。

「体調のことならご心配には及《およ》びませんわ。元気です。有り余ってます。なにせ、今までずっと部屋におりましたので。ええ、それはもう、ちょっと王妃殿下《おうひ》に突撃《とつげき》して諸々暴《もろもろあば》いてやろうと思うくらいには、わたくしは元気でしてよ！」

どんと胸を叩《たた》き、今度はフェリシアが得意げに答える。後のことなんて何も考えていない。でも心は不思議とすっきりしている。開き直ってぶっちゃけたからだろうか。

やっぱりストレスは溜《た》めちゃだめねと、フェリシアは身をもって学んだのだった。

フェリシアの脱出劇《だっしゅつ》のゴールは、ウィリアムの母である王妃に面会することだった。目的は、もちろんウィリアムのことを知るためだ。国王は体調不良のため突撃できない。とくれば、フェリシアが王妃に会いたいと思うのは至極《しごく》当然のことだった。

「だって殿下が何も言わないんですもの。だったらもう訊《き》くしかないじゃありませんか、王妃殿下に」

普通《ふつう》なら、そこでこの国のナンバーツーとも言える王妃に突撃をかまそうと思い立ち、さらに実行にまで移す者はいないのだが。

しかもフェリシアは、これまで王妃と会ったことはあるものの、それは晩餐《ばんさん》のときだけで、まともに会話をしたことはほとんどない。

そんな相手に突撃しようと思うに至ったのは、やはりストレスのせいだろう。と思うことにしたフェリシアである。

思えば、今までは放置の連続を辿《たど》ってきた人生だった。王女として蔑《ないがし》ろにされたり、離宮《りきゅう》に追いやられたり。言い換《か》えれば、王族にしては自由な生活を送っていた。

そんなフェリシアにとって、好きな人に遠慮《えんりょ》し、顔色を窺《うかが》い、あげく外出を禁じられる生活というのは、鳥が羽をむしり取られても生きることを強要されるようなものだったのだ。

そして、普段はあまりストレスを感じないがゆえ、その許容量を超《こ》えたとき、一気に爆《ばく》発《はっ》するタイプでもあった。

しかも残念なことに、フェリシアのこの暴走を止められる——否《いな》、止めようと思う者が、そばには誰《だれ》もいなかった。皆《みな》フェリシアに同情し、味方してくれたからだ。

「それでですね、王妃殿下は今、王都の東地区にあるリカルタ宮殿にお住まいでしょう？伝手《つて》があるので、そこを訪ねてみようかと思った次第《しだい》ですの」

「伝手ですか？」

一つバラしたら、あとはもうどうにでもなれと、フェリシアは洗いざらいアルフィアスに計画を話した。

何も教えてくれないウィリアムに両親との関係を聞くことを諦《あきら》め、標的を王妃に変えたこと。そのために王妃に会いに行こうと決めたこと。

そして、余計なお世話かもしれないが、なぜ親子が今のような状態になってしまったのかを探り、関係改善に尽力《じんりょく》したいということを。

といっても、フェリシアだって複雑な家庭で育っている。だからこそ、他所《よそ》のお家事情なんて他人が首を突っ込むべきことではないと、ちゃんと理解している。

でもそれは、他人の場合だ。

(ウィルは他人じゃないわ。私の、婚約者《こんやく》だもの)

自分の好きな人で、ゆくゆくは結婚する人だ。好きな人のことはなんでも知りたいと思うし、力になりたいと思う。

そもそも人の心理として、隠《かく》されると余計に気になってしまうものなのだ。これを機に、ウィリアムが隠していることは全《すべ》て暴いてやるつもりだった。

(そうすればきっと、ウィルが一人で何かを抱え込む必要もなくなるわ)

アルフィアスは、最初こそ良い顔をしなかったものの、諸々の事情を聞いて考えを変えてくれたようで、今はフェリシアの話に耳を傾《かたむ》けてくれている。

「実は知り合いに、王妃殿下の担当医をしている者がおりますの」

「ああ。もしかしてダレン様でしょうか」

「そうですわ。アルフィアスもダレンをご存じで？」

「お名前だけですが」

ダレンはフェリシアの第二の母である。また薬学の師匠《ししょう》でもあった。

フェリシアが幼い頃《ころ》から信頼《しんらい》していて、いつも力になってくれるから、きっと今回も協力してくれるだろう確信がある。

「というわけで、わたくしはそろそろ行きますわ。殿下にはどうか内密にお願いしますね」

「わかりました。ですが、一つだけ条件があります」

ら。


「条件ですか？」

声が裏返る。意外だった。アルフィアスはこのまま見逃してくれそうな雰囲気《ふんいき》だったか

「その案内、僕が請《う》け負いましょう」

「え？　ど、どうして？」

「ダレン様を頼《たよ》るということは、その分だけ姫君《ひめぎみ》が危険に晒《さら》されるからです。彼は普段、街で医師として働いていると聞き及んでいます。街には我田引水的な犯罪者や魔物など、多くの危険が蔓延《はびこ》っていますからね。その点、以前も自己紹介《しょうかい》しましたが、僕は外務省に勤める文官です。実はちょうど姫君と殿下の結婚式に招待する他国の賓客《ひんかく》に関する打ち合わせで、王妃殿下に拝顔する予定がございまして、道中の馬車を準備できます」

「えっ」

「どうでしょう。おそらく徒歩で行かれるおつもりだったようですが、徒歩よりは危険も少なく、この条件を呑《の》んでくださるなら、僕も殿下に告げ口は致《いた》しませんが」

それは甘い誘惑《ゆうわく》に近い提案だった。

アルフィアスが言ったように、フェリシアはまず、街にあるダレンの診療所《しんりょうじょ》を訪ねるつもりだった。

それからダレンに王妃へ取り次いでもらい、たとえ順調に事が運んだとしても、王妃に

会えるのは数日後だと推測していた。

その無駄《むだ》な待機時間すら、彼は無くしてしまえるという。

フェリシアの中で天秤《てんびん》が傾く。

右には、アルフィアスの誘《さそ》いに乗る選択《せんたく》。

左には、これ以上ウィリアムを不安にさせないためにも、アルフィアスとは関《かか》わらないように断る選択。

（……でもよくよく考えなくても、私、ウィルに怒《おこ》ってるんだったわね）

何も言ってくれない彼に。心配すらさせてくれない彼に。

（しかもすでに家出みたいなことしちゃってるのよね）

もうその時点でウィリアムの言いつけを破っている。

（なら、何も問題ないわね！）

天秤がカタンッと勢いよく右に傾いた。

「その条件、呑みますわ。ぜひともよろしくお願いします！」

そうしてフェリシアは、途中《とちゅう》でドレスに着替《きが》えて、王妃の住むリカルタ宮殿《きゅうでん》へ到着《とうちゃく》した。

この宮殿は、城の外観こそ凝《こ》った趣向《しゅこう》はなく地味ではあるものの、庭園は王宮に勝《まさ》る素晴《すば》らしさで有名だ。四季をテーマにしたものや、星空、夕暮れをテーマにしたものもあると聞く。

残念なのは、今はそれらを観賞する時間がないということか。けれどいつか見てみたいなと思いながら、フェリシアは離宮の騎士《きし》の誘導《ゆうどう》のもと、応接室に通された。

そこは、よく見る一般《いっぱん》的な応接室と同じ内装で、執務《しつむ》机が奥にあり、その手前に応接用のテーブルと黒の革張《かわば》りのソファが置かれていた。しかしさすが王妃《おうひ》の離宮だけあって、応接用のテーブルに使用されているのは、高級なウォールナットの一枚板だ。

壁《かべ》には風景画が飾《かざ》られ、棚《たな》の上には花が飾られて、堅苦《かたくる》しくなりすぎない空間を作り上げている。

フェリシアの目に留まったのは、そのうちの花のほうだ。

白く平たい小花がかわいらしい、カモミール。

それは、フェリシアが初めてウィリアムに淹《い》れたハーブティーに使《い》った、キク科の花である。さすがに香《かお》りは届かないが、きっとりんごのような甘い香りがするのだろう。できればその香りに癒《い》やされたかったと思うのは、フェリシアが緊張《きんちょう》しているせいである。

ちなみに、アルフィアスは着いてすぐに仕事に行ってしまった。

(よく考えると、王妃殿下と一対一で対面するのは初めてね)

だからここまで緊張している。しかも彼女は、王妃である以前に好きな人の母親だ。

事前のアポイントメントもなしに会うのだから、余計に緊張しないわけがなかった。

（一応、アルフィアスが気を利《き》かせて、事前に遣《つか》いをやってはくれたけど）

どうだろう。速まる鼓動《こどう》を宥《なだ》めるために、フェリシアは細く長く息を吐《は》いた。

何度目かの深呼吸後、ようやく待ち人がやってきた。

「久しぶりね、フェリシア王女」

ウィリアムと同じ柔《やわ》らかそうな黒髪《くろかみ》をアップでまとめ、アンティークグリーンの落ち着いた風合いのドレスを着こなした王妃は、開いた扇子《せんす》を口元に当てながらそう言った。

その目つきの鋭《するど》さといったら……。

（ああこれ、やっぱりちょっと怒ってらっしゃる感じかしら）

内心で頭を抱《かか》えながらも、平常心を装《よそお》って挨拶《あいさつ》をする。

「はい、ご無沙汰《ぶさた》しております、王妃殿下。このたびは急な訪問となったこと、ご無礼をお許しください」

「別に構わないわ。経緯《けいい》は侍女《じじょ》から聞きました。ウィリアムはどうやらあなたと婚約《こんやく》して頭が弱くなったようね。この離宮《りきゅう》に突撃《とつげき》してくるようなお転婆《てんば》な小鳥を、どうして籠《かご》の中に閉じ込められると思ったのか……不思議で仕方ないわ。あなたもそう思わなくて？」

（えーと。これは、あれね？　ちょっとじゃなくて、かなり怒ってらっしゃる感じね⁉）

でも、と同時に思う。

この嫌味《いやみ》の矛先《ほこさき》は、フェリシアだけではない。実の息子《ウィリアム》にも向いている。

(ライラが言っていたように、やっぱりあまり仲が良いとは言えないのかも)

その理由を知りたくて、フェリシアはここに来たのだ。

だから、たとえ最初から心折れるような言葉をぶつけられても、簡単に引き下がるわけにはいかない。

と、気合いを入れたときだった。王妃の後ろから、予想外の人物が現れたのは。

「――いいや、そこは訂正願《ていせい》おう、シャンゼルの王妃よ。余の愚妹《ぐまい》が小鳥だと？　そんなかわいらしいものか。それは余も手を焼くほどのじゃじゃ馬だぞ」

さらさらの金髪《きんぱつ》。フェリシアより少し薄《うす》い、黄緑の瞳《ひとみ》。いつも威圧《いあつ》的にこちらを見下ろしてくる、兄の顔。

開いた口が塞《ふさ》がらない。何度も瞬《まばた》きを繰《く》り返す。でも何度見ても消えない姿。

どうして、と声にならない声で訊《たず》ねた。

「ふん。そなたは相も変わらず阿呆面《あほづら》だな、フェリシア」

「お兄様……。本物、ですの？」

「頭も相変わらず阿呆《あほう》だったか。余の偽者《にせもの》がこんなところにいて何の得が？」

それは本物にも言えることだと思わなくもないけれど。

(い、いえ。そんなことより……そんなことより！　覚えのありすぎる人を小馬鹿《こばか》にしたこの態度！　間違《まちが》いなくアイゼンお兄様！)

仮にも祖国の王が、なぜ他国の王妃の離宮に……と考えて、フェリシアの脳内には一つの可能性が浮《う》かんだ。

そのせいで、いまだかつてないほど顔から血の気が引いていく。

「ま、まさかまさか、お兄様、王妃殿下と……？」

まさかまさか、不倫《ふりん》なんてしてませんわよね？　と目で問い詰《つ》める。

すると、さすが今までだてにフェリシアを困らせてきた兄ではなかったようで、瞬時《しゅんじ》にフェリシアの言いたいことを察したらしく、無言で頬《ほほ》を摑《つか》まれた。しかも片手で挟《はさ》むように、乱暴に。

「ひょっと、おにいひゃま!?」

「今ほどそなたを阿呆だと思ったことはない」

「なんれ!?」

抗議《こうぎ》の意を込めてアイゼンの手をぺちぺちと叩《たた》けば、ようやく頬が解放される。

釈然《しゃくぜん》としない。ここに兄がいることも。頬を摑まれたことも。

（やっぱりこんなお兄様を好きとか絶対にないわ。なんでそんなこと少しでも思ったのかしら。きっと悩《なや》みすぎて頭がおかしくなってたのね）

うんうんと、一人で納得《なっとく》する。いつだかにリードに指摘《してき》されたことは、やはり彼の勘違《かんちが》いだったのだ。

ちらりと窺《うかが》った王妃は、少しも動揺《どうよう》していなかった。

(ということは、王妃殿下はお兄様がシャンゼルにいることも、今ここにいることも、ご存じだったということ)

むしろ、兄をシャンゼルに迎《むか》えたのは王妃ということになる。なぜなら、王宮ではなく、この離宮に兄がいるからだ。

「グランカルスト王、そしてフェリシア王女。話は座ってからにしましょう。きっと長くなるわ」

王妃に促《うなが》されて、フェリシアは兄と横並びでソファに座った。

口火を切った王妃曰《いわ》く、

「息子《むすこ》がわたくしの仕事に口を出してきたものだから、反撃してやったのよ」

と。フェリシアは遠慮《えんりょ》なく頭上に疑問符《ぎもんふ》を浮かべた。これは何に対する答えなのだろう。

すると、フェリシアの疑問を見透《みす》かしたように、王妃は「グランカルスト王のことよ」と続ける。

「今度あなたとウィリアムの結婚式があるでしょう？　その主催《しゅさい》は婿《むこ》の母であるわたくしよ。なのにあの子は勝手にわたくしの仕事の一部を奪《うば》ったあげく、内々にグランカルスト王を呼んだ。誰《だれ》のためかは一目瞭然《いちもくりょうぜん》だけれど、わたくしとしては面白《おもしろ》くないわ。ねぇ、フエリシア王女？」

フェリシアは曖昧《あいまい》に微笑《ほほえ》んだ。非常に反応に困るところだ。頬が引きつったのは、先ほどアイゼンに掴まれたせいだと思いたい。

（でも、そう。ウィルだったのね）

兄をシャンゼルに呼んだのは。

そういえば以前、彼は言っていた。兄を呼び出す方法なら心得ていると。

（あの話、本当だったのね）

驚《おどろ》けばいいのか、呆《あき》れればいいのか。

ただ確かなことは、ウィリアムが兄を呼んでくれたと聞いて、ちょっと泣きそうになっている自分がいるということだ。

――〝時期が来たらまた呼んであげる。彼を呼び出す方法なら、心得ているからね〟

彼の言う〝時期〟が、今ということなのだろうか。だったら彼は本当によくフェリシアを見ている。

ここ最近、兄の真意を測りかねて、もやもやとすることが多かった。

嫌がらせばかりする兄。勘違いからウィリアムとの婚約破棄《はき》を願ったときも、兄は泣き苦しめと言ってフェリシアの願いを一蹴《いっしゅう》した。

（あのときは、それを酷《ひど》いと思ったわ）

でも、今は違う。

(今は、あれが本当に〝酷い〟ことだったのかわからなくなってる。だってあのときお兄様が突《つ》き放してくれなかったら、私はウィルの想《おも》いを知ることもなく、きっと婚約破棄は成されていた)

兄は大国の王だ。兄が破棄を決めたなら、シャンゼルは従わざるを得なかっただろう。だから感謝しなければいけない。感謝している。ただ、素直《すなお》に口にできないのは、これまで散々された嫌がらせの記憶《きおく》が、兄の輪郭《りんかく》を朧《おぼろ》げにするからだ。

本当は良い人なのか。本当に悪い人なのか。

フェリシアは、測りかねている。

(そんな私の心情まで見抜《みぬ》かれていたなんて、ウィルにはなんでもお見通しなのね)

これでは怒《おこ》っていた気持ちがどこかへと消えてしまいそうだ。

フェリシアのことを避《さ》けていたくせに、裏ではフェリシアのことを考えて動いてくれていたなんて。

いや、彼の場合、それは何も今に始まったことではない。フェリシアの与《あずか》り知らぬところで、フェリシアのために色々と骨を折ってくれている。フェリシアがそれを知るのは、いつも全《すべ》てが終わってからだ。

それが寂《さび》しいと言ったら、彼を傷つけてしまうだろうか。

「それで、あなたはわたくしにいったいどんな用件だったのかしら？」

そこでフェリシアは我に返った。本来の目的を忘れるところだった。

隣《となり》にいる兄を気にしつつ、意識を自分の目的に切り替《か》えると、おもむろに話し出す。

「わたくしは、王妃殿下《おうひでんか》にお伺《うかが》いしたいことがあって参りました。王妃殿下は、この離宮の庭園や、離宮内の至る所に花が飾《かざ》られていることからわかるように、花に深い興味がおありと存じます。ですので、すずらんのように、花の中には毒を持つものが存在することもご存じかと思いますわ」

「そうね。知っているわよ」

それが？　と言外に訊ねられているのがわかる。王侯貴族《おうこう》にとって回りくどい会話は日常茶飯事《さはんじ》ではあるものの、今のフェリシアは、それ以上にもったいぶるような話し方をしていた。

「多くの人々は勘違いしておりますが、毒というのは、そういった特定の物質だけが持つものではありません。ほとんどの物質に、多かれ少なかれ毒性はあるものです。人には無毒なものも、犬猫《いぬねこ》には有毒となるような、また一定量以下であれば無毒でも、一定量を超《こ》えれば有毒となるような――そんなふうに、毒とはいつでも、どこにでも、潜《ひそ》んでいるものなのです」

「そう。ではあなたの言う毒は、どこに潜んでいるのかしら？」

さすがは王妃。フェリシアの意図をきちんと読み取ってくれているようだ。

「はい。わたくしは、ウィリアム殿下の仮面——あれこそまさに、一定量を超えた毒による拒絶《きょぜつ》反応だと思っております」

それはずっと考えていたことだった。どうして彼は、笑顔《えがお》の仮面を被《かぶ》るのだろうと。

王宮という魔窟《まくつ》で思考を悟《さと》らせないためだけなら、無表情でよかったはずだ。わざわざ頰の筋肉を使ってまで微笑みを浮かべる選択《せんたく》をしたのは、そうする必要があったから。そうしなければ、じわじわと自分を苛《さいな》む悪意から、自分を守れないと思ったから。

では、どんな悪意から己《おのれ》の身を守る必要があったのか。

そう考えたとき、フェリシアは真っ先に海千山千の貴族たちを思い浮かべた。立場上、いたずらに敵に回すわけにはいかないから笑顔を浮かべるけれど、決して心から信用はできないから愛想で拒絶する。

しかし、彼の微笑みにはもう一つ意味があった。それに気づいたのは、つい最近のことだ。国王が倒《たお》れ、見舞《みま》いに行くべきだと言ったときから、彼の拒絶反応が強くなったから。

(陛下との間に何かあったのは間違いないわ。だからあんな、冷たいとも言える完璧《かんぺき》な笑みで、陛下の話をすることさえ拒絶した)

「わたくしは以前、とある勘違いもあって、薬師《くすし》になることを目指していましたわ。王妃殿下のように花も好きですけれど、わたくしは植物全てに魅力《みりょく》を感じております。ですが、自分の立場を忘れているわけではありません。わたくしは万人《ばんにん》のための薬師にはなれないでしょう。ただ、ウィリアム殿下の薬師にはなれると……なりたいと思っています。彼に何かあったとき、支えられるような存在に。ですがわたくしには、そのための情報《カルテ》が足りないのです。彼を支えたくても、どうするのが正解なのかわからないのです。薬師は患者《かんじゃ》が怪我《けが》をしたなら、その原因を基《もと》に適切な薬を処方します。原因がわからなければ、どんな薬を処方すればいいのか判断できません。ですから――」

そこで一度言葉を切ると、フェリシアは真っ向から王妃の瞳《ひとみ》を見つめて言った。

「恐《おそ》れながら王妃殿下にお願い申し上げます。わたくしに、ウィリアム殿下の薬を処方させていただきたく、彼のカルテについてご教示いただけないでしょうか」

頭を下げる。王妃はフェリシアのこの願い出を、どう思うだろうか。

これは言わば賭《か》けのようなものだった。もし王妃に、息子への愛情が少しでもあるのなら。王妃はフェリシアの願いを受け入れてくれることだろう。

けれど、もし息子への愛情がないのなら。ライラの言ったように、冷めた関係であるのなら。この願いは無礼なものとして撥《は》ねのけられるに違《ちが》いない。

遠回りだが、この願い出をもって、フェリシアはまず王妃の本音を見破ろうとした。

（お願い。できれば受け入れて……！）

「……あなたは」

王妃が小さく呟《つぶや》いた。続きを聞き逃《のが》すまいと、耳を澄《す》ます。

「いえ、なんでもないわ。いいでしょう。あなたの言うウィリアムのカルテを、十五年分まとめて差し上げるわ。ただし、条件があります。わたくしはまだあなたを知らない。だからこそまだあなたを認められない。あなたが将来の王妃として相応《ふさわ》しいか、これを機に見極《みきわ》めさせてもらいましょう。どう？　これならお互《たが》いの利益が一致《いっち》すると思うのだけれど、わたくしの課す試練から、まさか逃《に》げたりしないわよね？」

がばりと顔を上げる。逃げるどころか、喜んで受けて立ちたい話である。フェリシアとしても距離《きょり》を測りかねていた王妃と近づける機会であり、何より、好きな人の母親には、やっぱり認めてもらいたい思いがあるから。

それに王妃は、先ほどのフェリシアの願い出に、十五年分のカルテを渡《わた》すと言った。それはウィリアムが物心ついた頃《ころ》にまで遡《さかのぼ》る、まさにフェリシアが欲《ほっ》した情報量だった。

「もちろんです。ぜひともよろしくお願いしますわ、王妃殿下！」

もしかすると王妃は、ただ彼のことを嫌《きら》っているわけではないのかもしれない。そんな期待が胸に生まれる。

「それで、試練とはなんでしょうか。わたくしは何をすればよろしいですか？」

喜び勇み足になるフェリシアを、アイゼンが呆《あき》れるような、でも何かを思案するような、そんな眼差《まなざ》しで見つめていた。

それに気づかないフェリシアは、王妃に希望を託《たく》して訊《たず》ねる。

「そうね。数日待ってちょうだい。急なことでもあるし、相応しいものを見繕《みつくろ》うのに少し時間が欲しいわ。その間、あなたにこの離宮《りきゅう》の滞在《たいざい》を許可しましょう。部屋は侍女《じじょ》に案内させるわ」

「ご厚意《こうい》に感謝いたします」

こうして、フェリシアのリカルタ宮殿での滞在が決まった。


「あっ、お兄様待って……ええと、お時間、よろしいですか？」

王妃が応接室を去ったあと、同じく腰《こし》を上げたアイゼンをフェリシアは慌《あわ》てて引き止めた。

といっても、まだ言いたいことをまとめられていない。なにせいると思っていなかった兄だ。自分の中の答えもまだ出せていないというのに、先に再会してしまったものだから、どう切り出せばいいのかわからなくて心が焦《あせ》る。

けれど、今引き止めなければ後悔《こうかい》する。それだけは確信していた。

「その、お、お久しぶりですわね」

話題に困った末に吐《は》き出したのは、無難な言葉だった。

兄の視線が頭上に突《つ》き刺《さ》さる。なんとなく居たたまれなくて、フェリシアは顔を上げられなかった。

そんな、いつもと違う妹の様子に、兄が気づかないはずはないのだが。

「用があるなら早く言え。余は忙《いそが》しい」

こちらはこんなにも緊張《きんちょう》しているというのに、兄のほうは至っていつもどおりだった。

それがなんだか悔《くや》しくて、少しだけ唇《くちびる》を尖《とが》らせる。

「お兄様は、ウィリアム殿下に呼ばれて来ましたの？」

「そうだ。あの腹黒男、余を暇人《ひまじん》か何かと勘違《かんちが》いしているだろう？　今回という今回は一発殴《なぐ》らんと気が済まん」

「では、お忙しいのに、どうして来てくださったんですか？」

勇気を出して顔を上げると、アイゼンのこちらを射貫《いぬ》くような瞳とかち合った。それは凪《な》いでいて、どんな感情も読み取れないからもどかしくなる。

（ねぇ、どうしてなの、お兄様）

どうして。なんで。ここに来てくれたの。

今も、以前も、口では忙しいと言うくせに。

もしかしてやっぱり、何か自分に隠《かく》していることがあるのではないのか。

それならそうと教えてほしい。これまでの嫌《いや》がらせには、実は止《や》むに止まれぬ事情があったのだと。本当はちゃんと、心配していると。

もし、そうだったら――。

「何を勘違いしているのか知らぬが、余がここに来たのはブリジットのことをあの腹黒男に訊《き》くためだ。名目として使えるからおまえの結婚式《けっこんしき》に便乗しただけで、他に理由などない。わかったら余計な詮索《せんさく》はするな」

――ああ。やっぱりいつもどおりの、兄の冷たい声。

身体《からだ》を張って魔物から助けてくれたときとは違う、感情のない言葉。

期待した分、落胆《らくたん》は大きかった。

（……馬鹿《ばか》ね。期待って、あのお兄様にいったい何を期待するっていうの？）

こうなることは知っていたはずだ。今までの自分ならこんな期待はしなかった。

そうして、こんなふうに無意味に傷つくこともなかったはずだ。

「でもお姉様のことなら、わたくしでも話せますわ」

フェリシアは、そう言った自分が自分で信じられなかった。

まるで引き止めるような。まだ、背中を向けてほしくないような。

「そなたでは話にならん。そなたがブリジットの何を知っている？　ブリジットのその後を詳細《しょうさい》に把握《はあく》しているのか？」

「それはウィル……ウィリアム殿下《でんか》も同じではありませんか。殿下よりも、お姉様のことは知っていますわ」

「ふん。そなたが知るはずもなかろう。ブリジットの激情など。……知っていては困る」

最後だけ聞き取れなかったけれど、知るはずもないというひと言に、無性《むしょう》に腹が立った。

姉からは散々嫌われて、命を狙《ねら》われてはいたけれど。

だからこそ、姉のことはよく知っているつもりだった。ましてや、姉とはあの事件が初対面だったウィリアムよりは、ずっとよく知っている自負がある。

(違う。そうじゃないわ。私がこんなふうに苛々《いらいら》するのは、別にお姉様のことで怒《おこ》ってるからじゃないでしょ)

ただ兄が、フェリシアとまともに話そうとしてくれないから。

フェリシアを、邪魔者《じゃまもの》のように扱《あつか》うから。

「なんでですの、お兄様。公会議に参席なさったときも、わたくしを避《さ》けたそうじゃないですか。いつものお兄様なら、きっと一つや二つくらい、嫌がらせをするところですわよ。なのにわたくしがシャンゼルに来てからは、全然そんな気配もない。むしろ魔物から助けてくれたり、ウィリアム殿下との婚約を破棄《はき》しなかったり……」

フェリシアのために、心を配ってくれているような、そんな気遣《きづか》いが見えてしまう。

だから、期待なんてしてしまった。

「お兄様は国王でしょう。だったら説明責任を果たしてくださいませ。人に期待させておいてそれはないですわ。わたくしが邪魔だったなら助けなければよかったのです。お姉様のように命を狙えばよかったのです。そうすればわたくしだって、こんな、余計な期待なんて……っ」

頼《たの》まれたって、抱《いだ》きはしなかったのに。

「……言いたいことはそれだけか？　ならば余は部屋に行く。そなたの戯《ざ》れ言に構っている暇《ひま》はない」

その瞬間《しゅんかん》、フェリシアの中でブチッと何かがキレた。

「そう。そうですか。そんなことを仰《おっしゃ》るのね、お兄様は。あくまでわたくしと会話なんてしようともしてくださらないのね。ええ、ええ、お兄様がそういうスタンスだってことは、よぉ〜くわかりましたわ」

目が据《す》わる。なるほど、よくわかった。兄が、このまま逃《に》げる気でいるということは。

「お兄様。実はわたくし、今ウィリアム殿下とも喧嘩《けんか》中ですの。だからここ最近ストレスが溜《た》まりまくって仕方ないの。何度か噴火《ふんか》したんですけど、まさかまだ噴火できる余地があったなんて、自分でも驚《おどろ》いてますわ。おほほ」

「喧嘩だと？　そなたの訪問は急なことだと聞いたが、まさかそれが原因でここにいるのか？」

「あら、それはお兄様には関係ありませんわ。わたくしが言いたいのは、ストレスは溜めるべきではないということです。お兄様もお気をつけくださいませ。でないと、こんな愚《ぐ》行《こう》に走ってしまいますわよ？」

ゲイル、と己《おのれ》の護衛の名を呼んだ。

「はーい！　みんなの人気者ゲイル・グラディス、今日は棚から参・上！」

神出鬼没《しんしゅつきぼつ》な彼は本当に飾《かざ》り棚《だな》の中から飛び出してきた。正直、どうやって中に入っていられたのか気になるところではある。が。

「お兄様の護衛をあなたに任せるわ。いい？　絶対、何があっても、目を離《はな》さず守り抜《ぬ》くのよ」

「はいはい、了解《りょうかい》です。でもいいんすか？　俺で」

それは、彼が元暗殺者だから、ということを言っているのだろうか。ゲイルはまだ完全には裏世界から足を洗っていない。らしい。彼自身がそう公言している。

でもそれがウィリアムの指示なのだろうと、フェリシアは勘づいていた。でなければ、ウィリアムがそんなゲイルをフェリシアの近くに置くはずがないからだ。

「見くびってもらっては困るわ。あなたはちゃんと守ってくれる。だって、あなたは私の護衛だもの」

それくらいできて当然でしょ？　と。

「ええ～。そんなこと言われたら俺、頑張《がんば》らなきゃいけないじゃないですか」

「頑張ってもらうために言ってるんだから頑張りなさいよ！　とにかく目を離さないで。そこが重要よ」

「あー、はい。察しました」

その言葉に満足げに頷《うなず》いて、逆に不満そうな兄に挑戦《ちょうせん》的に微笑《ほほえ》んでやった。

「そういうことですからお兄様、いつまでご滞在《たいざい》か存じ上げませんが、その間はわたくしの優秀《ゆうしゅう》な護衛がちゃんとお兄様をお守りしますので、ご安心なさってね」

「ふざけるな。護衛など自分の騎士《きし》で間に合っている。監視《かんし》の間違いだろう」

「まあ酷《ひど》い。わたくしはお兄様が心配なだけですのに」

「おい、そこのふざけた男。貴様が護衛すべきはこのじゃじゃ馬だ。間違えるな」

「え、ふざけた男って、もしかしなくても俺のことっすか？」

「ゲイル。あなたの主《あるじ》は私よね。お兄様の言うことなんて無視していいわ。良いと言うまで戻《もど》ってきてはだめよ」

「おっと？　これ俺、いわゆる間に挟《はさ》まれた感じですね？　お二人とも俺に当たるのだけはやめてくださいね？」

「「いいからしっかり使命を果たして」」

被《かぶ》った言葉に、フェリシアもアイゼン《せ》も、苦虫を噛《か》み潰《つぶ》したような顔になる。

「わあ、さすが兄妹《きょうだい》。仲良しっすねぇ。なーんて」

ギロリ。ゲイルを睨《にら》む動作さえ同じタイミングで、それがなんとも言えず無性《むしょう》に胸を掻《か》きむしりたくなったフェリシアだった。


フェリシアと別れて、滞在用の客室に戻ったアイゼンは、自身の護衛に溶《と》け込むようについてきた男を睥睨《へいげい》した。

「ゲイルと言ったか」

「はいはい、なんでしょーか王様」

「フェリシアとウィリアム殿《どの》が喧嘩とは、どういうことだ？」

いつのまにか窓は外の闇《やみ》を映し、もう出かける予定のないアイゼンは、侍従《じじゅう》によって着《き》替《が》えさせられていく。

その間も、視線はゲイルから外さない。咎《とが》めるような眼差《まなざ》しをどう受け止めたのか、フェリシアの護衛だというその男は、きょとんとしたあと、あっけらかんと答えた。

「そのままの意味ですよ。簡単に要約しますと、嫉妬《しっと》した殿下が王女さんを部屋に閉じ込めて、それに怒った王女さんが家出してここに来たって感じです。まあでも、王女さんは単なる家出でここに来たわけじゃあないですけど」

「なるほどな」

どうやらあの腹黒男――もといウィリアムは、かなり暴走したようだ。

馬鹿《ばか》なことを、とアイゼンは思う。

(あの愚妹《ぐまい》を、部屋などという小さな世界に閉じ込めておけるはずもあるまいに)

祖国では、離宮《りきゅう》にさえ閉じ込めておけなかった妹だ。勝手に平民に変装して薬草を売りに行っていたことを、アイゼンはもちろん知っていた。

フェリシア自身は気づかれていないと思っているようだが、彼女が街へ繰《く》り出すたび、アイゼンの騎士たちが護衛のために必ず尾行《びこう》していたのだ。

(ウィリアム殿が余を呼び出したのは、その喧嘩の前か)

でなければ、自分にとって都合の悪いタイミングで、あの狡猾《こうかつ》な男がアイゼンを呼ぶはずがない。フェリシアを連れ戻されて一番困るのが、あの男なのだから。

「ねぇ、王様」

着替えが終わると、アイゼンはソファに腰掛《こしか》ける。

「なんだ」

「王女さんじゃないですけど、気になるんですよね。どうしてこちらにいるんです？　確か殿下《でんか》は、普通《ふつう》にあなたを王宮に招待したはずですけど」

ふむ、と顎《あご》に手を当てる。

話すか一瞬《いっしゅん》だけ悩《なや》んだものの、特段隠《かく》すことでもないなと打ち明けることにした。

「余もそのとおり王宮に向かっていた。しかし途中《とちゅう》でシャンゼルの王妃《おうひ》から遣《つか》わされた使者に待ち伏《ぶ》せされていてな。こちらのほうが面白《おもしろ》そうだったから歓待《かんたい》を受けたまでだ」

「あーあー。じゃあ殿下ってば、兄にも妹にも振《ふ》られちゃったんですねぇ」

「ふん。ざまあないな」

「ちなみに王妃様と、何か企《たくら》んでたりします？」

「たとえそうだったとして、それを貴様に話す義理はないが？」

「ま、そりゃそうなんですけどねー」

でも、とゲイルの飄々《ひょうひょう》とした態度が一変し、空気が変わる。

「俺、これでも王女さんの味方で、ひいては殿下の味方なんですよ」

先ほどまでのふざけた感じと全く違《ちが》う様子に、思わず目を細める。

己の騎士たちがゲイルの殺気にも似た空気に反応し、切っ先を向けて囲むが、アイゼンはそれを手を振って止《や》めさせた。

「ウィリアム殿の味方だから、なんだ？」

「一応、確かめとかないとなーって。ほら、だって王様、王女さんのこと虐《いじ》めてたらしいですし？　王妃様は、あんまり殿下と仲良くなさそうですし」

切っ先を向けられていないとはいえ、大国の精鋭《せいえい》たちに囲まれてなお、ゲイルは全く動じない。それだけでなく、他国の王を相手に少しも物怖《ものお》じしないところは、豪胆《ごうたん》と言えば聞こえはいいのだろうが、命知らずとも言えるだろう。まともではない。そこが面白くもある。だが。

（また癖《くせ》の強い男に好かれたものだな、あの阿呆《あほう》は）

自分のことを棚《たな》に上げて思う。

アイゼンはソファから立ち上がると、デスクの引き出しから紙とペンを取り出した。さらさらと簡単な用件だけを記載《きさい》し、最後に己のサインを記す。

「これをウィリアム殿に届けろ」

「中身は？」

「なに、フェリシアはここにいると書いただけだ。どうせ愚妹のことだからな、行き先など告げずに家出をしたんだろう」

「おお、さすが兄。そのとおりなんですけど、でも俺、王様を見張ってろって言われてるんですよね～」

「心配せずとも余は逃《に》げぬ。そもそもウィリアム殿に依頼《いらい》されたことがあるからな。それは愚妹がいてこそ完遂《かんすい》できるもの。ゆえに愚妹にはそれまで生きていてもらわねば困るから、手出しなどせん」

「なるほど」

じゃあわかりました、とやけに素直《すなお》に頷いたゲイルは、窓を開けるとそのままひらりと外に飛び出した。

最後、

「たぶん明日《あした》の朝には突入《とつにゅう》すると思いますー」

なんて、三階という高さをものともせずに落ちていったところは、やはり豪胆というか、怖《こわ》いもの知らずというか。

ただ、最後の捨て台詞《ぜりふ》には思わず微笑《びしょう》をこぼしていた。なぜなら自分と全く同じ考えだったからだ。

フェリシアの居場所を知ったあの男が、取り乱しながら突入してくる未来が容易に予測できた。


翌朝。

清々《すがすが》しいほどの晴天に恵《めぐ》まれ、フェリシアはカーテンから差し込む光によって目を覚ました。

なんて気持ちのいい朝だろうと、上体を起こして腕《うで》を伸《の》ばす。

それは天気のおかげもあるけれど、昨夜《ゆうべ》、自分の悩みの一つを元凶《アイゼン》にぶつけられたことで、心情的にも少しだけすっきりしたおかげでもあるだろう。

(さあ、今日も一日頑張《がんば》ろうっと。ジェシカは……あれ、まだ来てない?)

そんなに早い時間に目が覚めた実感はないので、フェリシアは首を捻《ひね》った。すでに日は昇《のぼ》っているし、部屋の外では、なんだか忙《せわ》しない気配も感じる。この離宮の使用人たちだろう。

(ジェシカはおっちょこちょいだから、お寝坊《ねぼう》さんかしら)

仕方ないわね、なんて微笑《ほほえ》ましく思っていられたのは、ベッドから起き上がり、自分で身支度《みじたく》を済ませてしまおうと歩き出したところまでだった。

バンッと、客室の扉《とびら》が勢いよく開く。

驚《おどろ》いて短い悲鳴が出た。朝からなんだと仰天《ぎょうてん》していたら、もっと仰天する存在がそこにいた。

「え、ウィ、ウィルっ!?」

なんでここに、と口にする前に、フェリシアの姿を認めたウィリアムが、いつもの仮面《えがお》ではない怖いくらいの真顔で近づいてきた。

「え、っと。お、はよう、ございます?」

人間、驚きすぎると、頓珍漢《とんちんかん》な言葉しか出てこないらしい。

目の前で立ち止まったウィリアムは、今にも怒鳴《どな》り出しそうな、あるいは泣き出しそうな、子どもが癇癪《かんしゃく》を起こす手前のような表情でフェリシアを睨《にら》んでいた。

「ウィ――」

直後、痛いくらいの強さで抱《だ》きしめられる。

ウィリアムの後から続々と使用人もやってきて、困ったようにおろおろとしているのが音でわかる。

視界は彼でいっぱいだった。少し息苦しい。

でも、酸素を求めて深く呼吸をすれば、彼のいつもの香水《こうすい》ではない、汗《あせ》の匂《にお》いがして。

その腕が、わずかに震《ふる》えていることに気がついたとき。

「……かった。よかった、無事で。フェリシアっ」

耳に届いた、彼の声が。切羽詰《せっぱつ》まったような声音《こわね》が。フェリシアの心臓に突《つ》き刺《さ》さる。

無意識なのだろう。彼は何度も繰《く》り返した。よかった。ごめん。本当によかった。やっと見つけた。フェリシア。フェリシア――

「フェリシア……っ」

これ以上隙間《すきま》なんてないのに、それでもなお足りないと言わんばかりに力が込められる。

(どうしよう。ちょっと頭を冷やしてもらいたくて、少し家出をするだけのつもりだったのに。まさかウィルが、こんなに取り乱すなんて……）

これは愚策《ぐさく》だったかもしれないと、ようやく己《おのれ》の浅はかさに気づく。

一応、置き手紙は残していたのだ。ちゃんと戻《もど》ります、だから捜《さが》さないでくださいと。

家出をするときの手紙はだいたいこんなものだろうと、フェリシアは前世の知識を基《もと》にそう書いた。

が。間違っていたかもしれない。こと彼に対しては。

抱きしめられる力が、より一層強さを増した。

「ウィリアム殿下《でんか》、お気持ちはわかりますが、そろそろ王女殿下をお放しください。それでは王女殿下が窒息《ちっそく》してしまいます」

「殿下、それでは王女殿下が潰《つぶ》れてしまいます。お放しください」

「殿下」

周囲から何を言われても、ウィリアムがフェリシアを放す気配はない。それどころか、周囲がこちらに近寄ってくればくるほど、渡《わた》すものかと抱きしめる力が強くなる。

（うぐっ。ちょっとこれ、本気で苦しくなってきた……っ）

そのときだった。

「いい加減にしろ。そのまま愚妹《ぐまい》を殺す気か、ウィリアム殿《どの》」

騒《さわ》ぎに気づきやって来たのだろう。アイゼンの呆《あき》れた声を耳が拾う。

ウィリアムが、そこでようやく力を緩《ゆる》めてくれた。楽に呼吸ができるようにはなったものの、彼はなおフェリシアを放さない。

「ふん。まるで何人《なんぴと》にも渡さぬといった顔だな。貴殿のそんな表情は初めて見る」

「……なぜ、義兄上《あにうえ》がここに？」

ようやくまともに声を出したウィリアムは、びっくりするくらい覇気《はき》がなかった。

兄の言う〝そんな表情〟というのも気になって、心配になったフェリシアは彼の顔を見ようと上を向く。

けれど、肩《かた》を抱かれ、敵《かな》わない。

「余がここにいる理由くらい、貴殿なら察しがついているだろうに」

アイゼンが振《ふ》り返る。その視線を追いかけると、そこには王妃《おうひ》がいた。

「わたくしが招待したからよ、ウィリアム。少し見ない間にあなた、随分《ずいぶん》と勝手なことをするようになったのね？」

王妃とウィリアムの間に見えない火花が散った。一触即発《いっしょくそくはつ》の空気が二人の仲を暗示している。ウィリアムの拘束《こうそく》も相まって、フェリシアは王妃に挨拶《あいさつ》する機会を完全に失ってしまった。

（というより、そもそも）

フェリシアには、この殺伐《さつばつ》とした空気の中、一人切実に思っていることがある。

——私、まだ寝間着《ネグリジェ》なんですが！

できればここにいる全員、今すぐ出て行ってもらいたいところだ。すると。

「いいわ。お得意の仮面さえ維持《いじ》できないなんて、よほど言いたいことがあるのでしょう。時間をあげます。準備ができたら応接室にいらっしゃい。フェリシア王女と一緒《いっしょ》にね」

そう言って王妃はアイゼンと共に去っていく。同じ女だ。おそらくフェリシアがまだ寝間着であることに気づき、気を利《き》かせてくれたのだろう。ありがとうございます王妃殿下！　とフェリシアは内心で感謝した。

ただし、自分を抱きしめる彼のほうは、去っていく王妃を冷たく睥睨《へいげい》していたけれど。

ひっつく婚約者《こんやく》をなんとか引き剝《は》がし、準備を終えたフェリシアは、またひっついてきた婚約者を連れて応接室に向かっていた。

ウィリアムになんと声をかければいいかわからず、互《たが》いに無言の状態が続いている。

怒《おこ》っているのだと、わかってもらいたかっただけなのに。

（なんだか怒れる空気じゃないわね。だってウィルのほうが傷ついた顔をしてるんだもの）

フェリシアがいなくなったことが、それほど彼に衝撃《しょうげき》を与《あた》えたのだろうか。しかし、フェリシアはちゃんと手紙に書いておいたはずだ。気が向いたら戻りますと。

（でも、汗だくだったわ。もしかしてずっと捜してくれていたの？）

捜さないでとも、書いたのに。

「あの、ウィル？」

名前を呼んだら、腰《こし》に回る彼の手がびくりと反応した。目を丸くする。名前を呼んだだけで身体《からだ》を強張《こわば》らせる彼なんて、初めて見た。

「えーと、もしかして昨夜、ずっと捜してくれていたんですか？」

彼をこれ以上傷つけないよう、できるだけ優《やさ》しい声をつくった。自然と上目遣《うわめづか》いになる。

彼は、いつもより眉尻《まゆじり》を下げて、どこか情けない顔で微笑んでいた。

「うん。捜したよ。ずっと君を捜していた。どうしてそんな当然のことを訊《き》くの？」

「でも私、ちゃんと戻るつもりでしたよ」

「本当に？」

「本当ですわ。手紙にもそう書いたじゃないですか。まさか、夜通し捜してたわけじゃありませんわよね？」

そう訊くと、彼はやはり曖昧《あいまい》に微笑む。あまりに弱々しい、彼らしくない笑《え》みだ。

だからだろうか。少しだけムッとした。どうして手紙を信じてくれなかったのかと。

「あなたは馬鹿《ばか》ですの？　私は戻ると書きました。それを信じてくれていたら、あなたがそんな無茶《むちゃ》をする必要はなかったのに」

「でも『気が向いたら』って、そう書いてあったんだ。じゃあ、一生気が向かなかったら？　君がもう戻ってきてくれなかったら？　君がいなくなるかもしれない、そう考えるだけで、こっちは情けないくらい手が震えるんだよ、フェリシア。お願いだから理解してほしい。私にとっての君は、それほどの存在なのだと。そうでなければ、最初から嫉妬《しっと》して閉じ込めたりなんかしない」

「……そういえば私、それに関しても怒ってるんですが」

じとりと睨み上げる。

今はどんな口説き文句を言われたって、怒《いか》りのせいで全く響《ひび》かない。

そう、怒っているのだ。閉じ込められたことではなく、彼が、大事なことでさえも隠《かく》そうとすることに、フェリシアは怒っている。

だというのに。

「……それに関しては、私も謝らないよ」

彼は視線を逸《そ》らした。なんで謝らないのよと、フェリシアは腰にある彼の手をつねる。

応接室では、すでに王妃とアイゼンが対面で座っていた。フェリシアはウィリアムの手から抜《ぬ》け出すと、アイゼンの隣《となり》に腰掛《こしか》ける。

何か言いたそうなウィリアムのことは、完全に無視することにした。

「あなたも早く座りなさいな、ウィリアム」

王妃がそう言うと、ウィリアムは渋々《しぶしぶ》母親の隣に腰を下ろす。

口火を切ったのは王妃だった。

「まずはフェリシア王女、昨日《さくじつ》の話だけれど、あなたにやってもらうことが決まったわ」

それは、ウィリアムの過去について教えてもらうために、フェリシアが条件として呑《の》んだ試練のことだ。

彼にはやっぱり腹が立つけれど、それとこれとは別だ。

彼が姉との決着に力を貸してくれたように、自分だって、彼の憂《うれ》いを晴らしたい。役に立ちたい。

本当はただ、それだけのことなのに。

(どうしてわかってくれないの、馬鹿ウィル)

フェリシアは居住まいを正すと、先を促《うなが》すように頷《うなず》いた。

「あなたには、この養護院へ視察に行ってもらうわ。その結果をわたくしに報告すること。それが、わたくしがあなたに課す試練よ」

え、と。声にならない声が漏《も》れる。拍子抜《ひょうしぬ》けするとはまさにこのことだ。

だって試練といえば、もっとこう、恐《おそ》ろしく困難なことを課されるものだと思っていたから。

「お待ちください、王妃殿下」

そこで声を上げたのは、王妃の隣に座るウィリアムだった。隣と言っても、二人の間にはフェリシアとアイゼンよりも空いた距離《きょり》があるが。

「試練とはどういうことですか。なぜフェリシアがそんなものを受けることになっているのか、ご説明願いたい。今まで陛下の為《な》すことに口を挟《はさ》むことなどなかったあなたが、ここに来て口を出すのは、陛下の代理を務めている私を侮辱《ぶじょく》しているからとしか思えませんが？」

「あら。どうしたのかしら、ウィリアム？　陛下はおまえにそのように感情を露《あら》わにしていいと仰《おっしゃ》ったことがあったかしら」

「さあ。記憶《きおく》にないため存じ上げません。陛下もあなたも、私のことは世継《よつ》ぎの人形も同然で、まともに会話をした覚えがありませんからね」

にこ、とウィリアムがいつもよりも深い微笑《ほほえ》みで応《こた》えた。

対する王妃はその真逆、フェリシアに向けたものより厳しい目つきで息子《むすこ》を睨《にら》んでいる。

（なに？　なんなの、これ）

自分はいったい何を見せられているのだろうと、フェリシアは困惑《こんわく》した。親子喧嘩《げんか》にしては他人行儀《たにんぎょうぎ》で、ただの言い争いにしては根深い闇《やみ》がちらついている。

ライラは言った。ウィリアムと王妃は、冷戦状態だと。

（あれ、本当のことだったのね）

決してライラの言ったことを信じていなかったわけではない。

でも、いざその場面を目の当《ま》たりにすると、その冷たさに身震《みぶる》いした。自分の兄や姉との喧嘩とはまた違《ちが》う、冷え切った関係だ。そこに激情は見当たらない。

あるとすれば、諦念《ていねん》か。

特にウィリアムは、王妃《おうひ》に対して諦《あきら》めている。期待しても無駄《むだ》だと知っているような瞳《ひとみ》で、実の母親を映している。

だから冷たく感じた。怒りというのは、ときに熱さを伴《ともな》っている。その温度さえ持てない喧嘩なんて、フェリシアは初めて見た。

我知らず膝《ひざ》の上で拳《こぶし》を握《にぎ》る。こんなものを見せられれば、隣にいる兄と自分との喧嘩が、まだかわいいものに思えてくるから不思議だ。

「とにかく、フェリシアは連れて帰ります。義兄上《あにうえ》もここではなく王宮にて歓待《かんたい》します。もともとは私が呼んだところに、勝手に横やりを入れたのは王妃殿下《でんか》なのですから」

「人聞きが悪いわね。グランカルスト王はともかく、試練に関してはフェリシア王女が望んだことよ。そうよね、フェリシア王女？」

「はい、王妃殿下。仰るとおりですわ」

ウィリアムの仮面は崩《くず》れなかったものの、その視線がなぜだと問いかけてきている。

それにもまた、フェリシアはイラッとした。

なぜだなんてそんな、全《すべ》てはあなたが何も話してくれないせいでしょうにと。

「わたくしが、王妃殿下に交換《こうかん》条件をもとにお願いしたことですわ。これに関してはウィリアム殿下に口を出されるいわれはありません」

「だけどフェリシア、君が王妃殿下の言うことなんて聞く必要はない。養護院の視察？それは王妃の仕事だ」

「ええ、そうよ。王妃《わたくし》の仕事であり、いずれはフェリシア王女の仕事になるわ。だからこそ試練たり得るのよ。これはフェリシア王女が王妃の器《うつわ》に相応《ふさわ》しいか、見極《みきわ》めるためでもあるのだから」

「おかしいですね。それは王妃の器たる者が課すのであれば、私も納得《なっとく》できましょう。ですが、あなたは自分がその器に相応しいとお思いで？　ただ陛下の言いなりになっているだけの、あなたが？」

ウィリアムにしては珍《めずら》しく棘《とげ》のある言い方だった。いや、敵と相対する彼はこんな感じかもしれない。そう、〝敵〟ならば、何もおかしくはない。

(でも王妃殿下は敵じゃないわ。やっぱり、二人の間に何かあるのね)

フェリシアの知らない何かが。彼が隠したがっている何かが。

それを暴《あば》くことは、彼を傷つけることになるかもしれない。けれど、今のままでは、どちらにしろウィリアムは辛《つら》いままだ。それをわかっていながら見ないふりなんて、フェリシアはしたくない。

「とにかく、ウィルに何を言われようと私の意志は変わりません。立派に試練を乗り越《こ》えてみせます」

「フェリシア！　だからなぜ君が」

「それはご自分の胸に手を当ててよ〜く考えてみてください。もとはと言えばウィルのせいなんですからね！」

「私の？」

ふんっ、と全くわかってなさそうな彼から顔を逸らす。

「では決まりね。おまけして期限は五日あげるわ。ただ今回対象となる養護院には、急なこともあって試練について伝えるつもりはありません。正体を隠して行ってきてちょうだい」

「承知しました。ではさっそく行って参りますわ、王妃殿下」

やる気を漲《みなぎ》らせるフェリシアを、それでもウィリアムは止めようとする。

「正体を隠《かく》して？　それでは護衛をつけられない。だめだフェリシア。やっぱり許可できない」

「ウィルの許可なんていりません。わかってますの？　私とあなたは今、喧嘩中です。私、怒《おこ》ってるんです。さっきもそう言いましたわ」

「それとこれとは話が別だよ。危険だ。なら私も同行する」

「あなたにはあなたの仕事があります」

「王妃を支えるのも仕事だよ」

「私は王妃じゃありません！　それに、それを言うなら逆ですわ。王を支えるのが王妃の仕事です」

「どちらでもいいよ。とにかく私は心配しているんだ。お忍《しの》びだよ？　騎士《きし》を連れて行けない」

「あら。それならウィルと出逢《であ》ったばかりの頃《ころ》はどうなんですの？　私、ダレンのところまで一人で行ってましたわよ。お忍びで」

「あれはライラがちゃんと――っ」

「え？　ライラ？」

ウィリアムが口を噤《つぐ》む。これは両親のこと以外にもまだ何か隠していることがありそうだ。思わず半目になった。

「そこまで仰るなら、わかりましたわ。一人じゃなければいいのですね？」

「それが最大限の譲歩《じょうほ》だ。だから私と……」

「いいえ。――お兄様」

「「は？」」

突然《とつぜん》フェリシアの口から出た呼称《こしょう》に、呼ばれた本人と、ウィリアムの反応が重なった。

「私、お兄様と行きますわ！　だって王太子殿下となんて、すぐに正体を気づかれてしまいますもの。その点、お兄様ならここでは悪名すら届いてないでしょうし、うってつけですわね」

「阿呆《あほ》か。なぜ余がそんな面倒《めんどう》なことを」

心底げんなりとしたため息をつく兄の腕《うで》を、フェリシアは強引《ごういん》に取った。

「いいじゃないですか、お兄様。せっかく久々に会えたのに、このままではまた満足に話もできずにお別れになってしまいますもの。お兄様は寂《さび》しくありませんの？」

あざとく上目を遣《つか》って、縋《すが》るように兄の黄緑色の瞳を覗《のぞ》き込む。

フェリシアのらしくない行動に唖然《あぜん》としたのは、何もアイゼンだけではない。視界の端《はし》にいたウィリアムも固まっていた。いつも振《ふ》り回されている身としては、振り回してくる彼らのそんな様子に少しだけ溜飲《りゅういん》が下がる。

にっこり。ウィリアムの微笑み方を模倣《もほう》して、フェリシアは――。

「そういうわけですから、つべこべ言わずについて来てください。お兄様にも訊《き》きたいことが、い～っぱいあるんですからね」

ぎゅううと、爪《つめ》が食い込むくらいの強さで兄の腕を握る。

そのとき、偶然《ぐうぜん》視界に入ったのは、フェリシアの行動に呆然《ぼうぜん》とするウィリアムを盗《ぬす》み見るように見つめる王妃で。

その冷めた瞳の奥、別の何かが揺《ゆ》らぐところを、フェリシアは見逃《みのが》さなかった。


試練一日目。

王妃から指定された養護院は、王都の外れにある中規模な施設《しせつ》だった。グレースホームと名付けられ、十二歳までの子どもが十三人、シスター含《ふく》む施設職員が十人ほどいる。院長はナブス男爵《だんしゃく》という気弱そうな男が務めており、彼は内務省の高官だった。王都の国立施設は、どれもそうした文官が担当しているとのことである。

「わたくし、そんなことも知らなかったわ」

「どうせウィリアム殿《どの》が教えなかったんだろう。過保護が目に浮《う》かぶ」

フェリシアは今、そのグレースホームを前に、いかにも成金っぽい身なりでアイゼンと腕を組んでいた。

女性のエスコートなど腐《くさ》るほどしているだろう兄は、しかし意外とぎこちない。まるで緊張《きんちょう》しているみたいに、絡《から》ませている腕が硬《かた》いのだ。

大丈夫《だいじょうぶ》だろうかと、念のため、ここに来るまでに何度も確認《かくにん》したことをもう一度確認する。

「いいですか、お兄様。設定を忘れないでくださいね。試練の間、わたくしとお兄様は夫婦《ふう》ですからね。なかなか子どもが生まれない、養子縁組《えんぐみ》希望の夫婦ですからね。間違《まち》ってもこのワンピースにワインなんてかけないでくださいね。伊達《だて》といえど、眼鏡《めがね》も折らないでくださいね。世の夫婦はそんなことしませんから」

「ふん、誰《だれ》に物を言っている？　余はそなたと違って阿呆ではない。一度言われれば覚えられる。それと、余は意味のないことはしない。昔ワインをかけたのは意味があったからそうしただけだ。眼鏡は折った覚えがない」

「眼鏡はそうでしょう。わたくし、普段《ふだん》はかけてませんし。でもワインはどんな意味があったのか知りたいところです。これが終わったら教えてくださいませね」

「却下《きやつか》だ。それより、余を巻き込んだのだから不合格など許さんぞ」

「もちろんですわ。お兄様こそ誰に物を言ってますの。完璧《かんぺき》な報告をあげて、ウィルの過去《カルテ》を聞き出してやるんだから。ついでに王妃殿下《おうひでんか》にはわたくしのことを認めてもらって、一石二鳥ですわ」

そしてアイゼンからも、この間に諸々《もろもろ》聞き出してやるつもりでいる。

「さあ、行くわよ、あなた。間違っても自分のこと、〝余〟なんて言わないでね」

「ああ。さっさとこの茶番を終わらせるぞ、エマ。おまえこそ足を引っ張るなよ」

強風で今にも壊《こわ》れそうな木の門を、二人は仲良く寄り添《そ》いながらくぐった。

「──なるほどそうでしたか。ではお二人は、養子縁組を希望しているということですね」

ナブス男爵は、前情報どおり、見た目は気弱そうな細身の男だった。

けれど、中身はかなり快活で、はきはきと商人のように喋《しゃべ》る。

「ちなみに、見たところお二人はまだお若いようですが、一人とはいえ子どもを養うには相応の出費が伴《ともな》うものでしてね？　まあどのくらいかと言うと、詳細《しょうさい》は後でお見せしますが、大人三人分ほどの生活費がかかると思ってください。そのあたり、考えてます？　大丈夫ですか？」

大人三人分？　と前世の知識があるフェリシアとしては、その金額にちょっと引っかからなくもないけれど、ここはとりあえず流そうと笑顔《えがお》で頷《うなず》こうとした。が。

「大人三人分だと？　それはどれくらいだ。城を一つ建てるくらいか？　ならば余裕《よゆう》──」

「あーっ！　大人三人分ですね！　大丈夫ですわかります！　そのあたりはもうちゃんと二人で話し合ってますから、問題ありません。ね、あなた！」

どこの世界に城一つ分の生活費をまかなえる平民がいるのだと、フェリシアはさっそく兄の腕をつねった。

（お・に・い・さ・ま！　もしかして馬鹿《ばか》なんですの⁉　金銭感覚がおかしいですわよ！）

小声で責め立てる。どの口が足を引っ張るなどと言ったのか。引っ張っているのは完全に兄だ。

(余が平民の金銭感覚など知るわけがないだろう。逆になぜそなたは知っている)

「んんんっ」

墓穴掘《ぼけつほ》ったわ、とフェリシアは咳払《せきばら》いで誤魔化《ごまか》した。

「ところで男爵、縁組するに当たって、しばらく子どもたちの様子を見させていただきたいのですが、構いませんか?」

「ええ、ええ。それはもちろんですとも。どれか気に入った者がおりましたら、一人と言わず、どうぞ遠慮《えんりょ》なく」

どうやらアイゼンの失言のせいで、かなりお金を持った夫婦と勘違《かんちが》いされてしまったようだ。商人のような話し方をするなと思っていたが、両手を揉《も》む仕草は、まさに上客を前にした商人のようである。

それがなんとなく苦手に思えて、フェリシアは早々に立ち上がった。

「では、決めましたらお声をかけますね。おそらく数日はかかると思いますから、その間はお構いなく」

「わかりました。何かありましたらシスターに訊いてください。ぜひとも良い返事をお待ちしておりますよ」

それから二人は、シスターの案内のもと、子どもたちが遊んでいるという屋外にやってきた。

せっかく楽しそうな子どもたちの邪魔《じゃま》をしないよう、養護院の壁《かべ》にもたれかかって、離《はな》れたところにいる子どもたちの様子を眺《なが》める。

元気に走り回る子。木陰《こかげ》で本を読む子。シスターと一緒《いっしょ》に遊んでいる子。

きゃっきゃと楽しげな幼い声は、耳に心地《ここち》良い。つい頬《ほほ》が緩《ゆる》む。

「ねぇ、あなた」

「……今は周りに誰もおらんだろう。普通《ふつう》に話せ。鳥肌《とりはだ》が立つ」

「ねぇ、意地悪でよく人を小馬鹿にして楽しむ悪癖《あくへき》をお持ちのお兄様」

「なんだ、鈍感《どんかん》で男の趣味《しゅみ》が壊滅《かいめつ》的に悪いじゃやじゃ馬顔負けの愚妹《ぐまい》よ」

スン、と真顔になる。

せっかく子どもたちのおかげで穏《おだ》やかになった気分が、一瞬《いっしゅん》で消えてなくなった。

「……ちょうど、あれぐらいの頃《ころ》ですわよね」

「？」

「お兄様が、わたくしに冷たくなったのは」

フェリシアの視線の先では、十に満たない子どもと、その子よりもいくつか年上だろう子が、じゃれ合うように追いかけっこをしていた。

「お母様が亡《な》くなって、少ししたくらいかしら」

「そんな昔のことは忘れたな」

「そうですか。お兄様の頭は思ったより空っぽなんですのね」

ああ言えばこう言う。こんな関係になったのも、きっと、それくらいの頃だった。

「ここでお兄様に問題です」

ででん。唐突《とうとつ》にぶっ込んでみる。

「……そなた、シャンゼルに来て阿呆《あほ》に磨《みが》きがかかったか？　それともあの腹黒男から悪《あく》影響《えいきょう》でも受けたのか？」

「第一問。お兄様は、なぜわたくしに嫌《いや》がらせをするようになったのでしょう。シンキングタイムは十秒です。回答拒否《きょひ》及《およ》び不正解の場合は、テオにお願いしてお見合い地獄《じごく》に突《つ》き落として差し上げますから、気合いを入れて答えてくださいね。じゅう、きゅう……」

「おい、ふざけるな。よりによってテオドールはやめろ。あれは人脈が広すぎる。見合い相手が大勢押し寄せる鬱陶《うっとう》しい未来しか見えん」

それはそうだろう。従兄《いとこ》のテオドールは、天然記念物並に純粋《じゅんすい》で、祖国では虐《しいた》げられていたフェリシアにも優《やさ》しい人格者だ。誰とでもすぐに仲良くなるという特技を持っている。

「はち、なな……」

「待て、フェリシア」

「ろーく、ごー」

そこでアイゼンが舌打ちした。容赦《ようしゃ》なくカウントを早めてやる。

「にー、いーち」

「そなたがあまりにも腹立たしいからだ」

「第二問。どこが腹立たしいんですの。じゅう、きゅう」

「おい。これのどこが問題だ。これではただの質問……」

「はーち、なーな」

くそっ、とアイゼンは悪態をついたあと、

「全部だ。何もかもが気に食わない」

やけくそのように答えた。

「第三問。では、なぜそんな妹を魔物から助けたのです？」

「愚妹を助けた覚えはない。散歩をしていたら襲《おそ》われそうな人間がいた。だから助けた。それが愚妹とわかっていたら助けなかった」

(嘘《うそ》ばっかり)

フェリシアの耳の奥で、その日の兄の声が蘇《よみがえ》る。

――〝そなたも動くな〟

魔物に立ち向かおうとした自分にそう言ったのは、間違いなく兄だ。助けるつもりのなかった人間に、危ないから動くなと、普通はそんなことは言わない。

「第四問。ウィリアム殿下《でんか》の求婚《きゅうこん》を、なぜ受け入れてくれたのです？　言っておきますけど、わたくし、全部思い出しましたからね。子どもの頃にウィリアム殿下と出逢《であ》っていたこと」

カウントを始める。兄は苦い顔をしていた。思ったよりもわかりやすいその反応に、笑ってしまいそうになる。

（違うわね。ウィルがわかりにくいだけね）

彼は、嘘の中に少しの真実を溶《と》かしてしまうから、見分けるのが難しい。

色で表すなら、テオドールの言葉は真っ白で、兄の言葉は真っ黒。

ウィリアムは、それらが混ざった灰色の言葉を使う。フェリシアにも容赦なく使ってくるから、そんなときは水でもぶっかけて聞き流してしまいたくなるのだが。

「ほら、お兄様。答えてください。ごー、よん、さん、にー」

「……そなたから」

「わたくしから？」

「そなたから、余を引き離すためだ」

一瞬の間のあと、隣《となり》の兄を振《ふ》り仰《あお》いだ。

（え？　私を、お兄様から、引き離すわけじゃなくて？）

動揺《どうよう》する。それは、これまで兄から聞きたくても聞けなかった、彼の本音のような気がした。

「余からも問題を出そう。一問だけだ。……そなたは、後悔《こうかい》していないか？」

「後悔、ですか？」

それはいったい、何の。大雑把《おおざっぱ》すぎて答えに迷う。

しかしアイゼンは、フェリシアのようにカウントを始めようとはしなかった。

「答えは必要ない。これは無意味な問題だ。それより、これからどうするつもりだ？　物《もの》珍《めずら》しそうに凝視《ぎょうし》されているが」

「え？」

すると、いつのまにか子どもたちに見つかっていたようで、遠巻きにこちらを窺《うかが》っている純粋な瞳と目が合う。

まだ小さい、大人の庇護《ひご》を受けるべき存在たち。

仲良く手を繋《つな》いで笑っている。

――〝おにいさま、まって。わたしもいっしょがいい〟

――〝仕方ないな。ほら、手を出せ。おまえはすぐ転ぶから〟

この記憶《きおく》は、いったいいつの頃のものだろう。

ずっとずっと昔。まだ、母が生きていた頃の。

「行きましょう、お兄様」

「遠慮《えんりょ》する。そなた一人で行け」

「だめです。一緒に。ほら」

「待てフェリシア。手を引っ張るなっ」

「手を出せと言ったのはお兄様なのに？」

「はあ？」

久々に見た兄の困り顔は、記憶の中のものとほとんど変わっていなかった。


とても王女とは思えないはしゃぎっぷりで遊んだあと、フェリシアは子どもたちと別れて、食堂に案内されていた。もちろん休憩《きゅうけい》のためだ。自分の体力は過信するべきではないと、今ほど思ったことはない。

「恐るべしね、子どもの体力」

「あれくらいで情けない」

「お——あなたはずっと木陰《こかげ》で座ってただけでしょっ」

危《あや》うく「お兄様」と呼びそうになって言い直し、中年のシスターが用意してくれた飲み物を喉《のど》に流し込んでいった。

（うっ。これ、お酒《エール》じゃないの）

そういえば、紅茶などのお茶は王侯《おうこう》貴族や裕福《ゆうふく》な平民の飲み物で、そうでない人々はもっぱらアルコール飲料を飲んでいるらしいと、昔、祖国で城を抜《ぬ》け出していたときに耳にした習慣を思い出す。

（なんだか香《こう》ばしいような匂《にお》いがしたから、ほうじ茶なのかと思ったけど）

そんなはずがなかった。いくらこの世界が前世でいう乙女《おとめ》ゲームだったとしても、ほうじ茶なんてそんな、日本の飲み物があるわけもなかったのだ。

さりげなくエール入りのカップを置く。

「それにしても、先ほどからなんだか慌《あわ》ただしいですね」

フェリシアは、食堂のアーチ状に区切られた壁《かべ》の向こう、廊下《ろうか》を窺いながら言った。何度かシスターたちが行ったり来たりしているのを見かけたからだ。

「申し訳ありません。ちょっと急な来客があったようでして」

中年のシスターが答える。

「それなら私たち、そろそろお暇《いとま》したほうがいいでしょうか？」

「いいえ。来客は院長が対応していますし、鉢合《はちあ》わせることもないでしょう。どうぞお気《き》遣《づか》いなく」

そうですか？　と応《こた》えながら、フェリシアはアイゼンと顔を見合わせる。

院長ということは、先ほどフェリシアたちを接待したナブス男爵《だんしゃく》が対応しているということだ。つまり、急な来客はそれほどの相手だということ。

自分たちと同じ養子縁組《えんぐみ》希望の金持ちか。もしくは、寄付をしに来た貴族か。貴族なら少し厄介《やっかい》だ。

（高位貴族でないといいけど。私、伊達《だて》眼鏡《めがね》をかけただけの、簡単な変装しかしてないもの）

これでも一応王女のため、フェリシアは普段《ふだん》、高位貴族とそれなりに関《かか》わっている。外交に強い貴族なら、兄の顔も知っているかもしれない。

「あなた」

「今日はもう出たほうがいいだろう。行くぞ」

話が早くて助かる。

でも、「あなた」と呼ぶたびに眉間《みけん》のしわを深くするのは、酷《ひど》いのではないだろうか。

フェリシアだって好きでこんな呼び方をしているわけではない。

（むしろそこまで嫌《いや》がられると、逆に呼びたくなるわね）

いいことを思いついた。これは楽しい意趣返し《いしゅがえし》になりそうだと、緑の瞳《ひとみ》を煌《きら》めかせる。

「あ・な・た。ねぇ、エスコートを忘れてない？」

手を伸《の》ばして兄の腕《うで》を要求する。

正直に言おう。このときのフェリシアは、完全に調子に乗っていた。誰《だれ》がどう見ても調子に乗っていた。

でもまさか、そのしっぺ返しがこれというのは、さすがにあんまりだと思うのだ。

「――へえ？　人が心配で苦心しているときに、君はとても楽しそうなことをしているね、フェリシア？　私といるときより楽しそうに見えるのは、気のせいかな？」

ぴしり。身体《からだ》が凍《こお》る。息が止まった。

なんで。頭の中が疑問で埋《う》め尽《つ》くされていく。

（な、なんで、ウィルがここにいるの？　私、来ないでって言ったわよね？　来させないために、王妃《おうひ》殿下に足止めをお願いしたわよね？）

耳元で聞こえた低い声も。ふわりと香《かお》った甘くほろ苦い香りも。全部全部、実は幻《まぼろし》でしたというオチはないだろうか。

アイゼンと目が合う。その黄緑の瞳が、先ほど悪巧《わるだく》みを考えたフェリシアの目と同じ形に細まった。嫌な予感しかしない。

「なんだ、不倫《ふりん》か？　まったく酷い嫁《よめ》だな」

それは笑って言うことじゃないと、誰でもいいから目の前の男を殴《なぐ》り飛ばしてほしいと切実に願ったフェリシアだった。

シスターの言っていた急な来客というのが、どうやらウィリアムのことだったらしい。

あのあと、なんとかその場にいたシスターを誤魔化《ごまか》すと、フェリシアは逃《に》げるように養護院を後にした。

ウィリアムが追いかけてきそうな雰囲気《ふんいき》だったが、その彼を追いかけてきたナブス男爵が彼を捕《つか》まえてくれたので、フェリシアはどうにかリカルタ宮殿へと戻《もど》ることができた。

そして、試練二日目。

「あの、なんでいらっしゃるんですか……」

脱力《だつりょく》しながら隣にいる男、ウィリアムに問いかける。

フェリシアは、昨日よりも早めの時間を狙《ねら》って養護院を訪問していた。これは視察なのだから、同じ時間帯を何度見たところで意味はないからだ。

子どもたちは今、養護院併設《へいせつ》の小教会で祈《いの》りと聖歌を奉献《ほうけん》している。

「そんな邪魔者《じゃまもの》のように扱《あつか》わないでほしいな。他《ほか》の誰かなら気にも留めないけれど、君に邪険にされるのは辛《つら》いんだよ？」

「うっ」

彼の透《す》き通る紫眼《しがん》が上目《うわめ》で見つめてくる。一番後ろの壁沿いに立っているため、子どもたちから見えないのをいいことに、ウィリアムが腰を屈めてぐっと顔を近づけてきた。

眉《まゆ》の下がった表情はどこか弱々しく、罪悪感が募《つの》っていく。これが彼お得意の処世術だとわかっていても、つい胸が痛み出すから恐《おそ》ろしい。

反対の隣《となり》に立つ兄が口を挟《はさ》んだ。

「ふん、実際邪魔なのだから仕方ないだろう。そのわざとらしい弱り顔で愚妹《ぐまい》を籠絡《ろうらく》しようとするな」

「籠絡だなんて心外です。使えるものを使って何が悪いと？」

「なるほど。愚妹の性質を承知の上で使っていたか。そんな小細工でもしないと引き止めておけないとは、貴殿《きでん》も大したことはないな」

「……逆ですよ。こんなものだけで引き止めておけるなら、こうして余裕《よゆう》をなくすこともなかったでしょう」

なんだか神妙《しんみよう》な雰囲気のウィリアムと兄だが、間に挟まれたフェリシアは、たとえ場違《ばちが》いだろうとどうしても思わずにはいられないことがあった。

（なんで、二人して私が面食いだって決めつけてるの⁉）

あながち間違いではないからこそ、反抗《はんこう》もしたくなるというものだ。八つ当たりのように兄を睨《にら》んでおく。

「それで？　ろくな変装もせずのこのことやって来て、どういうつもりだ？　シスターはともかく、男爵が気づかないはずはないと思うが」

「そうでしょうね。しかしそこは彼も貴族なので、私の軽装から事情を察し、表立ってこちらの敬称《けいしょう》は呼びませんよ。それと、王妃を支えるのが王の役目であれば、今ここでフェリシアの夫役に相応《ふさわ》しいのは私ですので、邪魔者《にせもの》にはご退場願おうと来た次第《しだい》です」

「ほう。これは怖《こわ》い。余の認識《にんしき》では、まだシャンゼルでは世代交代など成《な》されていないはずだが、この国の王太子は恐ろしいことを平気で口にするのだな」

「そのために生かされてきたのが私ですからね」

バチバチッと頭上で静電気が走っている。おかしい。ここは教会じゃないのか。右にも左にも悪魔がいるような気がするのだが、ここに祓魔師《エクソシスト》はいないのか。

はあ、とフェリシアはため息を吐《は》き出した。

「ウィルは、まだ試練を受ける必要はないって、そう思ってますの？」

彼の視線がフェリシアに移る。

けれどフェリシアは、決してそちらを見ようとはしなかった。

「私がどうして王宮を出たか、ウィルはちゃんと考えてくれました？」

「それは……私が君を閉じ込めたから？」

「違いますわ。それだけで私が今さらこんなに怒《おこ》るとでも？　だてに長年離宮《りきゅう》に追いやられてませんわよ、私」

兄を一瞥《いちべつ》すれば、兄の瞳がすっと明後日《あさって》の方向に逃げていく。特にそれを咎《とが》めることもなく、続けた。

「私を連れ戻したいなら、なぜ私が試練を受けているのか、それを解明してから出直してくださいませ」

「いや、でもね、フェリシア」

「エマです」

「え？」

「今の私はエマです。あなたの婚約者《こんやく》ではありません」

「それはここでの設定だよね？」

「さあ、知りません。だってこうして話している内に、やっぱりこう、だんだんと腹立たしさが蘇《よみがえ》ってくるんですもの。王妃を支えるのが王の役目？　どの口が言うのって、徐々《じょじょ》に苛立《いらだ》ちが復活してきましたわ。ほんと、どうすればいいんですの、私は」

どんどん剣呑《けんのん》な目つきになっていくフェリシアが意外だったのか、滅多《めった》に動揺《どうよう》しないウィリアムが、珍《めずら》しく本気で困惑《こんわく》しているような微笑《ほほえ》みを浮《う》かべていた。

「えーと、どうしようね？　とりあえず私の許《もと》に戻ってくれば――」

「だからそういうところですわよ！　私が怒ってるのはっ」

え、どういうところ？　とウィリアムが全然わかってなさそうな顔をする。

聖歌は終わりに近づいていた。十二人もの子どもが歌っていたので、いい感じに雑談を搔《か》き消してくれていたけれど、それが終われば設定どおりの会話しかできなくなる。

フェリシアは兄の腕に自分のものを絡《から》めると、にっこりとよそ行きの笑顔《えがお》を貼《は》りつけた。

「ではごきげんよう、どこかの名も知らぬ紳士《しんし》様。私の邪魔だけはしないでくださいね」

「ちょっと待って、フェリ――」

シア。と続けそうになったのだろう。しかしウィリアムは、フェリシアの邪魔をするつもりはないらしく、慌《あわ》てて自分の口元を手で押さえていた。

視界の端《はし》に入った駆《か》け寄ってくるナブス男爵《だんしゃく》がいなければ、きっとフェリシアは「べーっ」と舌を出していたことだろう。

試練三日目。

子どもというのは順応性が高いのか、もうフェリシアやアイゼンの姿を見ても、彼らは必要以上に騒《さわ》がなくなった。

騒がなくなっただけで、一緒《いっしょ》に遊ぼうという強めのお誘《さそ》いは健在だが。

そうして本日は夕方に訪問したところ、これから彼らは、養護院の裏にある菜園へ夕食のための食材を穫《と》りに行くということだった。

「楽しみだわ。みんなが一生懸命《いっしょうけんめい》育てた野菜が見られるのね」

「でもお店で売ってるやつのほうが立派だよ？」

両手に花ならぬ子どもの小さな手を握《にぎ》り、フェリシアは件《くだん》の菜園に案内してもらっていた。

「たとえ見た目がそうでも、みんなが一生懸命作ったことに変わりはないでしょ？　私もね、昔は自給自足をしていたから、その大変さがよくわかるのよ」

「お姉ちゃんも自分で作ってたの？　ねーねー、何を作ってたの？」

「そうね、芋《いも》は重宝してたわね。あとはウリ科の植物も作ったかしら。カボチャやキュウリ、ズッキーニとか。でもカボチャは早々にやめたけど」

「どうして？」

「固くて危《あや》うく歯が折れかけたからよ……」

フェリシアがそう言うと、子どもたちがきゃらきゃらと笑う。当時は笑い事ではなかったけれど、こんなふうに子どもたちが笑ってくれるのなら、自分の失敗談もあながち捨てたものではなかったらしい。

「それにね、ウリ科の植物って毒性があるの！　微量《びりょう》だから人体にはほとんど影響《えいきょう》ないけど、好奇心《こうきしん》がくすぐられるじゃない？　使いようによっては薬になる可能性だってあるんだから素敵《すてき》よね。おかげで私の作るキュウリやズッキーニは、そんな研究の副産物として街でも評判の味に生長したわ」

ふふん、と誇《ほこ》らしげに胸を張る。ただし、そのズッキーニで食中毒を起こしたことは黙《だま》っておいた。

「あとはトマトも栽培《さいばい》してたのよ」

「え、トマト？」

子どもの一人が反応する。

「トマトって〝毒りんご〟のことだよね？　食べちゃだめなんだよ。シスターが言ってた」

他《ほか》の子どもたちもうんうんと頷《うなず》いている。前世では当たり前のように口にしていたトマトが、この世界ではどうやらそう呼ばれているというのは、フェリシアもこの十八年間で知ったことだ。前世の常識だけではない常識も混ざっているこの世界は、フェリシアに良い刺激《しげき》を与《あた》えてくれるから好きだった。

だからこそ、待ってましたと言わんばかりの得意顔で答える。

「そうね。みんなの言うとおり、トマトには毒があるわ。でもそれは葉や茎《くき》、花に多くあるだけで、赤く熟した果実にはほとんどないの。トマトはとってもおいしいから、ぜひ一度試《ため》してみて」

「え〜本当に？　絶対大丈夫《だいじょうぶ》？」

「大丈夫！　だって私が生き証人だもの。ふふふ、ちゃあんと全部口にして毒性を確かめたわ。ちょっとずつ、ちょっとずつ、問題ないか加減を見極《みきわ》めながらね。途中《とちゅう》で痙攣《けいれん》を起こして危なかったときもあったけど、今生きてるから問題なしね！　それとね、トマトはマリちゃん——じゃなくて、マリーゴールドと一緒に育てると、病気虫の予防や生育の促進《そくしん》にいいのよ。しかもそのマリーゴールドは薬草としても利用できるから一石二鳥なの！　おいしくて役に立つなんて、素敵でしょ？　ほら、試したくなってきたわよね？」

自信満々に勧《すす》めてみたが、なぜか反応が返ってこない。様子を確かめるために周囲を見回したら、もれなく全員がドン引きしていた。なぜだ。トマトの素晴らしさを演説しただけなのに、なぜ子どもたちは揃《そろ》って恐《おそ》ろしいものでも見るようにフェリシアを見ているのだろう。

「あれだね、姉ちゃん、見た目によらず強いんだな……色々と」

色々と、と言ったときになぜかお腹《なか》を凝視《ぎょうし》されたが、トマトの良さをわかってもらえたなら嬉《うれ》しい。「そうでもないわ」と上機嫌《じょうきげん》で答えた。

やがて辿《たど》り着いた先には、種々の野菜が育てられている立派な菜園が広がっていた。子どもたちは我先にと、さっそく本日分の野菜の収穫《しゅうかく》に取りかかっている。

その様子を見守るフェリシアの表情は、さっきの上機嫌から急降下して、どんよりと暗い。というのも、トマトの話をしたときに皆《みな》がドン引きしていた真相を、隣《となり》にいる兄から聞いてしまったからだ。

「おい、そなたはいつまで引きずるつもりだ？　全く噛《か》み合ってなかった会話の真相を教えてやっただけだろう。これを機に周りが引くような行為《こうい》をやめろとは言ったが、そこまで落ち込めとは言っていない。そんなに子どもに引かれたのがショックだったのか？」

「それもありますけど、どちらかというと反省しているだけです。お気になさらず」

ここ最近のフェリシアにとって、毒の話は遠慮《えんりょ》するものではなかった。昔は周囲に理解などされないと諦《あきら》めていたから、余計な火種にならないよう、弁《わきま》えて楽しんでいた。

でも最近は、フェリシアのこの趣味《しゅみ》を気味悪がらず、受け入れてくれる人が多かったから。

（つまり勘違《かんちが》いしちゃってたのよ！）

ベタだけれど、穴があったら入りたい。それもこれも、一番近くにいるウィリアムが、いつも楽しそうにフェリシアの話を聞いてくれるからいけないのだ。

そんな彼とは、今日はまだ会えていない。そもそも今日もここに来るとは限らない。

（それがちょっと寂《さび》しいな………………なーんて思ったりするもんですか絶対に！）

兄で気晴らししようかと思ったけれど、勘のいい兄はフェリシアが口を開く前に「余にそなたの奇天烈《きてれつ》な趣味の話をするなら、今すぐ帰るぞ」と先手を打ってきた。

（そう思うと、ウィルって貴重な存在なのね）

遠い目になる。なんかこれ、いつかも思ったような気がする。

(どうして私、そんなウィルと喧嘩《けんか》なんかしてるんだろ)

意地を張りすぎた自覚はある。

でも今さら戻《もど》れないのは、試練の先にある彼の過去を知るためだ。

弱気にならないよう気合いを入れるべく、深く息を吸って、勢いよく吐《は》き出した。

「ところでお兄様、物は相談なのですが」

「なんだ。やっと復活したのか」

「無理やり復活しました。それより、この養護院についていくつか気になったことがありますの。みんなが夢中になっている間に確かめに行きたいので、わたくしのこと、適当に誤魔化《ごまか》しておいてくださいません?」

そう言うと、アイゼンが意外そうな顔をした。

「? なんですの、その顔」

「いや、ちゃんと本来の目的を忘れていなかったのかと思ってな。余の愚妹《ぐまい》は頭は悪くないが、無性《むしょう》に苛《いら》つかせる阿呆《あほう》ではあるから、すっかり忘れているものと思っていた」

「それ全く褒《ほ》めてませんわね?」

こっちのほうが苛つきたくなる言い方だ。けれど。

「ということは、お兄様もお気づきに?」

アイゼンが鼻を鳴らす。

「当然だ。余は大国を率いる王だぞ。子どもが消えていることに何の疑問も抱《いだ》かないほど、能天気ではない」

「王妃殿下《おうひでんか》は知っているのでしょうか。だからわたくしに、ここの視察をお命じに？」

「そう考えるのが妥当《だとう》だろう。だが……」

アイゼンが顎《あご》に手を当て、そのまま黙り込んでしまう。そういえば兄は思考に集中すると黙り込んでしまうタイプだったことを思い出し、フェリシアは少しの間待つことにした。

菜園では、子どもたちが楽しそうに野菜を収穫している。

視察の一日目は、ただの養護院だと思っていた。子どもも職員も皆明るく、特に衣食住に困っているようなところも見受けられず、支援《しえん》の行き届いた養護院だと。

ただ、二日目。

兄の言ったように、子どもが一人消えていた。小教会で祈《いの》りと聖歌を奉献《ほうけん》していたのは、十二人の子ども。ここには十三人の子どもがいるはずなのに。

偶然《ぐうぜん》そのときだけいなかったのかと思ったが、今日もまだ、その一人は消えたままだ。誰《だれ》も何も言わない。まるで最初からその子がいなかったみたいに。

それだけじゃない。これは初日まで遡《さかのぼ》るが、シスターの一人から感じた匂《にお》いが、フェリシアは引っかかっている。

ほうじ茶のように香《こう》ばしく、でも、どこか青臭《あおくさ》さも感じる匂い。

兄はこちらには気づいていないようだ。植物に詳《くわ》しいフェリシアだから気づけたし、心当たりもあった。

「フェリシア」

名前を呼ばれる。どうやら兄のシンキングタイムは終わったらしい。

「あれをどう思う？」

何かを指すように兄が顎を振《ふ》る。その先を辿れば、ちょうどナブス男爵《だんしゃく》とウィリアムが長方形の腰高《こしだか》窓の向こうで談笑《だんしょう》している姿があった。

（ウィル、今日も来てたのね）

あそこは院長室か何かだろうか。二階に位置しており、フェリシアたちは案内されていない部屋である。

「そうですね。ナブス男爵、少しひっつきすぎですわよね？」

「言いたいことはわかるが言葉を選べ。語彙《ごい》力がないのか、そなたは」

失礼なと憤《いきどお》りたい気持ちを堪《こら》えて、それがどうしました？と先を促《うなが》した。

「余も同意見だ。いくら王太子がお忍《しの》びで訪問してきたからとはいえ、腰巾着《こしぎんちゃく》にも程《ほど》がある。ウィリアム殿《どの》は隙《すき》を見てそなたに会いに来ていたようだが、すぐにあの男爵に捕《つか》まっていたな。その行動から推測されることは？」

「……ウィルに阿《おもね》るため？」

「それはなぜ？」

「なぜって……たとえば、寄付金を増やしてほしいから？」

「ここは寄付金を増やす必要があるほど劣悪《れつあく》な環境《かんきょう》か？　それに思い出せ。ここは内務省の高官が担当する施設《しせつ》だぞ」

「あっ。国が運営してる……」

「そうだ。ならば寄付金目当てではない。他《ほか》に推測されることは？」

「えーと、他、他には……出世？」

「ないとは言わぬが、それは常に付き纏《まと》わねばならないことか？」

いや、違う。ましてや、わざわざ追いかけてまでそばにいる必要はないことだ。

じゃあ他には、と考えて、ピンと閃《ひらめ》いた。

「王太子を見張るため？　院内で自由にさせたくなかったとか」

「おそらくそういうことだろう」

気づくのが遅《おそ》いと、兄が嘆息《たんそく》する。

フェリシアは目を瞠《みは》って、そんな兄を凝視した。

「なんだ。何か文句でも？」

「いえ……。ただ、お兄様が嫌《いや》がらせじゃなくて、わたくしに何かを教えようとしてくださったのは初めてだと思いまして」

放心したようになってしまうのも無理はないと思っている。それくらい、今の兄は別人のようだった。

「ふん。余は早くこの茶番を終わらせたいだけだ」

「でもじゃあ、ウィルを自由にさせたくない理由って、なんでしょうか？」

「それを探《さぐ》っているのがウィリアム殿だろう」

ウィルが？　どういうことだろうと、焦燥《しょうそう》に似た思いがじわりと滲《にじ》み出す。彼は今回の試練には、何も関係ないはずだ。

「不本意だが、あの男は余が最も敵に回したくない男だ。その男が男爵の奇行《きこう》に気づいていないはずがない。疑問なのは、気づいているくせになぜそなたに話さないのか」

そうだ。なぜ。だってこれは、フェリシアの試練なのに。

（私の試練なんだから、私がやらないと意味がないのに）

答えを教えてほしいとは思わない。むしろ手を出さないでほしいと思う。

（どうしてなの？　ウィル）

窓の向こう。フェリシアの問いかけに答えるように、ウィリアムがこちらを見た気がした。

「王女は順調かしら？」

リカルタ宮殿で最も高貴な人間のための部屋で、その最も高貴な人間と、彼女に仕える一人の男が、うららかな午後とは真逆の空気を漂《ただよ》わせながら密談している。

話題はおもにフェリシアのことだ。息子《むすこ》の過去を知りたいと直談判《じかだんぱん》に来た、型破りなお姫《ひめ》様。

彼女を追い返すこともできたけれど、自分の目的のために受け入れた。

「はい、王妃殿下。姫君は順調に、お一人で解決なさろうと奮闘《ふんとう》されていますよ」

「そう……」

王妃はそれだけ呟《つぶや》くと、窓際《まどぎわ》に近寄った。

眼下では、ちょうどフェリシアが馬車に乗り込み、試練四日目に立ち向かおうとしているところだった。

彼女に巻き込まれたグランカルスト王が、同じく馬車に乗り込む直前、ふと顔を上げる。その鋭《するど》い眼差《まなざ》しは、的確に王妃を捉《とら》えていた。

「さすが大国の王ね。勘《かん》づいているのかしら。若いながら優秀《ゆうしゅう》だわ。でもウィリアムも負けてない。あなたもそう思うでしょう？」

「ええ、もちろんです。殿下は他国の王にも勝《まさ》る器《うつわ》。そうなるよう、国王陛下と王妃殿下がお育てになりました」

「そうよ。どこに出しても通用するように、誰からも畏《おそ》れられるように。あの子だけが、わたくしたちの希望なのだから」

「ですが、このままでよろしいのですか？　王妃殿下に命じられ、例の噂《うわさ》を調査いたしました。やはり王太子殿下は近頃《ちかごろ》仕事に精が出ず、塞《ふさ》ぎ込んでいることが多いようです。その要因が姫君であることも摑《つか》んでおります」

王妃は、窓の外にやっていた視線を室内に戻《もど》すと、調査を命じた銀髪《ぎんぱつ》の男に言った。

「それは間違《まちが》いないのね？」

「はい」

男は迷わず頷《うなず》いた。

「わかったわ。ウィリアムには立派な王になってもらわねばならないの。些事《さじ》に心を奪《うば》われるようなことがあってはならないわ。その足枷《あしかせ》となるのなら、やはりここで排除《はいじょ》しておかなければね」

王妃の瞳《ひとみ》が鈍《にぶ》く光る。まるで曇《くも》ったガラス玉みたいに昏《くら》い瞳だ。しかし気づかない本人は、うわ言のように繰《く》り返す。

「陛下がお倒《たお》れになっている今、わたくしがしっかりしないといけないのよ」

「はい、王妃殿下《おうひでんか》」

「わたくしが、国を、あの子を、守らないといけないの」

「仰《おっしゃ》るとおりです」

「あの子を一人にするようなパートナーなんて、あの子には相応《ふさわ》しくないわ」

「ええ。試練はもう四日目。その本当の意味に気づかないようであれば、そのときは」

「そうね、そのときは……。陛下に仕えるあなたが言うのだもの、間違いはないわ。だから……悪く思わないでね、フェリシア王女」

己《おのれ》の罪から目を逸《そ》らす罪人のように、王妃はそっと瞼《まぶた》を閉じた。


今日も今日とて試練のために養護院にやって来ていたフェリシアは、自分の中に生まれた疑念を確信に変えるため、供物《くもつ》の如《ごと》く兄を子どもたちに捧《ささ》げてからこっそりと院内を探索《たんさく》していた。

(どうしよう。さっきから心臓がばくばく鳴ってるんだけど)

表向きは平然とした風を装《よそお》っているが、内心は緊張《きんちょう》で今にも吐《は》きそうだった。

フェリシアは、一人であることに慣れている。祖国ではずっと一人だったから。

でも完全な一人ではなかったのだと、今になって思い知る。祖国で離宮暮《りきゅうぐ》らしだったときは、兄の護衛がよく様子を見に来ていたし、定期的に実行される兄の嫌がらせで、そんなことを考える余裕《よゆう》もなかった。

シャンゼルに来てからは、いつもウィリアムがそばにいた。物理的な距離《きょり》ではなく、精神的な距離感として。

姉との決着だって、ウィリアムが隣《となり》にいてくれたから闘《たたか》えたのだ。

だから今、こうして一人で難題に挑《いど》むというのは、もしかしたら初めてかもしれない。

ウィリアムと喧嘩《けんか》して、兄もいなくて、ライラもゲイルもジェシカもいない。

そんな中で、フェリシアはおそらく悪事を暴《あば》かなければならない状況《じょうきょう》に陥《おちい》っている。

それのなんと心許《こころもと》ないことだろう。

(え、なに？　世の物語の主人公たちは、これを平気でやってるの？　普通《ふつう》に尊敬するわ)

もはや誰《だれ》目線かわからない感想を抱《いだ》きながら、背筋をぴんと伸《の》ばして進んでいく。今手を握《にぎ》られたら大量の汗《あせ》を掻《か》いていることがバレるだろうが、それを微塵《みじん》も勘づかせない足取りだ。

(大丈夫《だいじょうぶ》。大丈夫。この世界に銃《じゅう》なんてないし、ドラマみたいにいきなり遠くから撃《う》たれることもないわ。それに、私はちょっと確認《かくにん》するだけだもの)

そう、確認するだけ。まさかまさか、ここで大麻《たいま》なんて栽培《さいばい》してないわよね、と。

シスターから漂った香《こう》ばしい匂《にお》い。懐《なつ》かしい前世のほうじ茶を思わせるような、けれど青臭《あおくさ》さも滲むその匂いは、この世界でも栽培・売買・使用を禁止されている大麻の香《かお》りだった。

どうしてフェリシアがその香りを知っているかというと、昔、一度だけダレンに教えてもらったことがあるからだ。

『いーい？　フェリシアちゃん。あなたの好奇《こうき》心旺盛《しんおうせい》なところは素晴《すば》らしい長所だけど、時には欠点でもあるわ。その好奇心で身を滅《ほろ》ぼさないために、絶対に口にしてはいけない植物を教えるから、ぜっっったいに食べちゃだめよ。わかったわね⁉』

それが、大麻などの違法《いほう》植物だ。さすがのフェリシアも、それらに手を出すことはなかった。

『本当は毒だって口にするもんじゃないけどねん』と薬学の師匠《ししょう》は目をつり上げたが、それについてはスルーした。

（でも、この養護院が本当に大麻を栽培しているのなら、ちゃんと報告しなきゃ）

詳《くわ》しい調査はそれからだ。それは専門部隊がやってくれる。

けれど、まずはその専門部隊を動かすだけの確信が必要だった。

（前世ではあれよ、こういうの、フラグが立つって言うのよね。死亡フラグ。自分から危ないことに首を突《つ》っ込んで、やっぱり危ない目に遭《あ》ってるのよ。知ってる。たとえ死ななくても大怪我《おおけが》はしてたかしら。物語を盛り上げるために仕方ないとはいえ、なんでみんなそこで頑張《がんば》っちゃうの、どう考えても危ないじゃないって、あんまり理解できなかったんだけど……え、まさかこれ、乙女《おとめ》ゲームの内容にあったとかじゃないわよね？）

乙女ゲームに関しては、もともとプレイはしていなかったため、浅い知識しか持っていない。だから思い出せないことが、覚えていないからなのか、はたまた最初から知らないだけなのか、フェリシアはいつも判断に迷う。

でも今回は、今までと違って記憶《きおく》を掠《かす》りもしない。

それが余計にフェリシアを不安にさせた。

（せめてこれがゲームにあったことなら、少しくらいは先が見えたかもしれないのに）

見えない未来が、まさかこんなにも恐怖《きょうふ》を煽《あお》るとは。

味方が近くにいないことも、余計に恐怖心を掻き立てる。

（誰も何もありませんように！　私の思い過ごしでありますように！）

祈《いの》りながら裏手に出る。だいたいゲームや物語なんかでは、悪事が行われるのはこういう人気《ひとけ》のない裏側と相場が決まっているものだ。

「えーと、もし私が栽培するなら……」

大麻の特徴《とくちょう》を脳内に浮《う》かべながら、フェリシアは歩き出す。太陽の位置を確認し、周囲から目立たない場所はどこだろうと視線を動かす。

すると、雑草が生え放題になっている地面に、不自然な緑があることに気づいた。他《ほか》の植物と違って、それは地面から生えていない。まるで抜《ぬ》き取られたものが何かの拍子《ひょうし》に落ちてしまったように放置されている。あるいは、収穫《しゅうかく》したものを運んでいる際に、はらりとこぼれ落ちてしまったような。

フェリシアはしゃがみ込んで、それを手に取った。葉の縁《ふち》がぎざぎざの形をしており、葉脈には溝《みぞ》がある。ちょうどこの葉が何枚か集まって、手のひらのような形をしていたら、まさに大麻みたいだなぁとフェリシアは頬《ほほ》をひくつかせた。

そのとき。

「何を見ているの？」

「──ひぁっ⁉」

背後から肩《かた》を叩《たた》かれて、心臓がこれまでにないくらい高く飛び跳《は》ねた。

「いやっ、来ないで！」

恐怖のあまり咄嗟《とっさ》に相手の手を振《ふ》り払《はら》おうと暴れるが、振り回した手をいとも簡単に取られてしまい、建物の壁《かべ》に追い込まれる。

「待って。落ち着いてフェリシア。私だよ」

「っ、へ、ウィル？」

「そうだよ。ごめんね、驚《おどろ》かせたね。大丈夫だから」

優《やさ》しく腕《うで》の中に引き寄せられて、久々に彼の体温を感じた。

ふっと鼻腔《びこう》をくすぐったのは、やはり久しぶりに感じる彼の匂いだ。爽《さわ》やかな香りの中にあって、どこか甘く、最後にほろ苦さを残すような、ずっと嗅《か》いでいたくなるような彼の香り。

全身からどっと力が抜けた。

「〜っくり、させないで」

「本当にごめん。君が一人だったから声をかけたんだけれど、まさかこんなに驚かれるとは思わなくて」

「馬鹿《ばか》、酷《ひど》い、人でなし！」

「……そんなに驚かせた？」

「驚きました！　もう、ほんと、人生終わったと思いました！」

誇張《こちょう》なくそう言うと、ウィリアムが慌《あわ》てて「ごめん」「配慮《はいりょ》が足りなかった」「もうしないから」と、何度も何度も謝ってくる。

その焦《あせ》りに嘘《うそ》はない。久しぶりに見る彼の素の反応に、フェリシアはたまらなくなった。

久々に彼を身近に感じた。

だからだろう、自分でも無意識のうちに、縋《すが》るように彼の背中に手を回していた。

はぁ、とこぼした安堵《あんど》のため息が、彼のシャツに吸い込まれて消えていった。

「――それ、本当ですか？」

あれからウィリアムは、フェリシアが落ち着くまでずっとそばにいて、背中をさすってくれた。彼の大きな手が優しく頭を撫《な》でてくれるのも久しぶりだったため、胸の奥から込み上げる感情に、鼻の奥がツンとしたのは内緒《ないしょ》である。

やがて落ち着きを取り戻《もど》したあとは、喧嘩中だったことを思い出して、フェリシアだけが気まずさに顔を伏《ふ》せた。

ウィリアムはそれを察したのだろう。全く別の話題を持ち出すことで、フェリシアの気を紛《まぎ》らわせようとしてくれた。

曰《いわ》く「子どもが売られているかもしれない」と。

そうして冒頭《ぼうとう》の質問に戻る。

「まだ〝かもしれない〟の段階だけどね。それでも、養子縁組《えんぐみ》した子どもたちのリストを見せてもらったんだけど、異様に多いんだ。つまり子どもの入れ替《か》わりが激しいことになる。これは他の養護院と顕著《けんちょ》な差が出るような類《たぐ》いのものではないから、そこが引っかかっていてね。それに、私が訪問していたわずか二日の間に、子どもが一人消えている」

「あ、それは私とお兄様も気づきました。気になってたんです」

「うん。実は消えた子はね、私に何か伝えようとしていたんだよ。遠目にこちらを窺《うかが》って
いたんだけれど、ナブス男爵《だんしゃく》のせいで近づけなかったらしい。私も隙《すき》を見て接触《せっしょく》しようと
はしたんだけれど、その前にいなくなってしまってね」

それもあって、一番気になっているのはナブス男爵の行動なんだ、とウィリアムは続け
た。

「実はここを訪ねる口実に、私は王妃殿下《おうひでんか》の代理視察だと伝えたんだけれどね？」

「え⁉ 言っちゃったんですか⁉」

「まあ聞いて。私が視察だと言えば、男爵は私の相手で手一杯《ていっぱい》になるだろう？ その間、
君に目がいくことはない。それを狙《ねら》ったんだ。でも――」

ここでウィリアムが押し黙《だま》る。

知らぬうちに助けてもらっていたことに、感謝と、不満が、同時に生まれた。

「どうしてですの」

「え？」

この不満は、フェリシアがずっと心の片隅《かたすみ》で感じてきたものだ。

「どうしてそうやって、ウィルはいつも私には何も言わずに、勝手に進めてしまうの」

「フェリシア？」

「私たち、婚約者《こんやく》ですよね？　だからウィルは、私を守ってくれようとしてるんだって、わかってます。それならじゃあ、どうしてその逆を、させてくれないんですか」

フェリシアだって守りたい。たった一人の、やっと見つけた愛《いと》しい人を。

「私だって、ウィルに頼《たよ》ってばかりじゃなくて、ウィルの力になりたくて、だから試練を受けてるのに……っ」

この優秀《ゆうしゅう》な王太子様は、まだ気づいてくれていなかった。なぜ自分が怒《おこ》ったのか。なぜ試練を受けているのか。

フェリシアが寂《さび》しいと、虚《むな》しいとさえ思っていることに、全然気づいてくれないのだ。

「私はウィルに隣《となり》にいてほしいの。一人で先へ行かないでほしいの。この先も一緒《いっしょ》に、二人で歩いていきたいと思ってるんです！　なのにっ」

なんで――。

続く言葉は、眼鏡と共に彼によって奪《うば》われた。

いつもとは全然違《ちが》う、少しだけ乱暴なキス。フェリシアにその先を言わせまいとするような、もしくは、その先は自分だけのものだとでも言うような、奪うキス。

なのに、頬に添《そ》えられた手は、いつもと同じように優しくて。

「フェリシアは、ずるい」

唇《くちびる》を離《はな》した彼が、おでこをこつんと合わせる。

「ずるいね。君だって、私を置いていこうとするのに」

「わ、私がですか？」

いつもと違ったキスのせいで、いつも以上に顔が火照《ほて》る。そんな場合じゃないとわかっていても、心臓は痛いくらいにドキドキしていた。

「そうだよ。君は私に頼ってばかりは嫌《いや》だと言ったけれど、正直、今までのどれがそれに当たるのか、私にはわからない。君はいつも一人で解決してしまうから」

「ええ？　そんなことありませんわ。お姉様のことだって、浄化薬《じょうか》のことだって、ウィルに頼ってばかりだったじゃないですか」

「それこそ『ええ？』だよ。君の〝頼る〟は控《ひか》えめすぎる。もっと甘えてくれていいのに」

「……これでも、私にとっては甘えてるほうですわ」

そっと、頬《ほほ》にあるウィリアムの手に、自分の手を重ねた。恥《は》ずかしくて今にも消え入りそうな声しか出ない。きっと頬の熱は相手にも伝わってしまっていることだろう。

ウィリアムが空を仰《あお》ぐ。

「本当に君は……。そんなふうに言われたら、これまでのこと全部、もうなんでもいいやって思えてくるから困るよ」

そう言った彼の紫眼《しがん》が、蜜《みつ》を含《ふく》んだように甘くフェリシアを見つめてくる。

「惚《ほ》れたほうが負けって、こういうことを言うのかな」

するりと頬を撫でられて、ただでさえ熱を帯びていた頬が、さらにじんわりと熱くなっていく。

この熱が好きだった。無性《むしょう》に逃《に》げ出したくなるような照れくささもあるけれど、ずっと感じていたくもなるほど、心地《ここち》良い温度。

委《ゆだ》ねるように瞼《まぶた》を伏せる。

「じゃあもう、潔《いさぎよ》く負けてください。それで、私の隣にいてください。私を助けるために一人で先へ行かないでください。私もウィルを不安にさせないように、もうちょっと、その、頑張《がんば》って甘えてみますから」

「ふふ。そこ、頑張るところなんだ？」

「うっ。だってよくわからないんですもの。何が甘えることになるのかも。どこまで甘えていいのかも」

だってずっと、生きるためにがむしゃらだったから。

フェリシアにとっては、安心して日常を送れるだけで、この環境《かんきょう》が彼によって作られ、守られていると知っているからこそ、十分すぎるほどに甘えさせてもらっているようなものなのだ。

これ以上は、逆にそれに慣れてしまった自分が調子に乗らないか、心配になる。

「そうだね……じゃあ、フェリシアのしたいことって何？」

「したいこと？」

「そう。君のしたいこと、君の好きなこと。それを教えて。それだけで私は満足するから。それで、二人で一緒にそれをやろう。私も自分の悩みをフェリシアに相談するよ。だから、一緒に悩んでくれる？　そうやって二人力を合わせるのは、苦労もあるかもしれないけれど、きっと楽しいよ。これならお互《たが》いの不安も解消されると思わない？」

「！」

確かに。それなら。そうかもしれない。

自分のしたいことを彼に言うことが、どうして彼の不安解消に繫《つな》がるのか、不思議ではあるけれど。

(信じよう。それまで疑ってたら、いつまでたっても進めないもの)

「さあ、フェリシア。私に教えて。今君は、何がしたい？」

何がしたい。今、自分は――。

「この養護院で起こっていることを、解明したいですわ。試練うんぬんの前に、いなくなった子どもが気になります」

「うん。君ならそう言うと思った」

「正直なことを言うと、一人じゃ怖《こわ》くて不安でした。本当に自分にできるのかと」

「大丈夫《だいじようぶ》。私も一緒にやるよ」

「今までウィルの存在がどれだけ私の支えになっていたか、今回で実感しましたわ」

そう言うと、彼は少しだけ信じていないような顔で微笑《ほほえ》んだ。

「そうならいいんだけれどね」

「信じてください。それと、あともう一つ、いいですか？」

「うん？」

もう一つ、彼とやりたいことがある。忙《いそが》しい彼に遠慮《えんりよ》して、ずっと我慢《がまん》していたこと。

「これが終わったら、また一緒に、ハーブティーを飲みたいですわ」

ウィリアムが淹《い》れてくれる、特別なハーブティーを。

「ですからその、ウィルの時間を一日、私にくれませんか？」

これはフェリシアから初めてする、デートのお誘《さそ》いだった。自分のために時間を使ってほしいだなんて、これまでのフェリシアが考えたこともないようなお願い。なぜならこれまでは、口にする前にウィリアムが誘ってくれていたからだ。

でも、お互いに気まずくなってからは、当然そんな誘いはなかった。

だから今フェリシアがしたい――欲しいのは、彼と共に過ごす甘い時間である。

（でもやっぱり、これはちょっとわがままだったかしら）

なかなか返ってこないウィリアムの反応に、そう後悔《こうかい》し始めたとき。

「はぁぁぁ……そうくるか。不意打ちすぎる」

なぜかウィリアムによって両目を塞《ふさ》がれていた。突然《とつぜん》真っ暗になった視界に、彼の名前を呼ぶ。彼はもう少し待ってと言うだけで、視界は一向に明るくならない。

やっと視界が開けた先には、いつもと何ら様子の変わらないウィリアムがいた。

「もちろん喜んで君に私の時間をあげるよ。ハーブティーを淹れるなら、晴れた日に庭園でお茶でもしようか。できればゆっくり話をしよう。君が知りたがっていることも……そうだね、そのときまでには話せるよう、私も心の準備をしておくから」

「！　ウィル、じゃあ」

「結局のところ、フェリシアから離れられないのは私なんだ。君がいなくなるくらいなら、私の過去なんて大したことじゃない。君に置き手紙だけ残されていなくなられたとき、心の底からそう思ったよ」

言いながら、彼は先ほど奪った変装用の眼鏡をかけ直してくれる。言外に降参と言っているようだ。

フェリシアは、勝利の旗を勝ち取った挑戦者《ちょうせん》のように、喜びを抑《おさ》えられず破顔した。

「ごめんなさい、ウィル。かなり心配させたみたいですけど、私今、結構嬉《うれ》しいですわ」

「うん、そんな顔してるね」

「ふふ。でも私、ウィルを虐《いじ》めたいわけじゃありませんから、話せるところまでで大丈夫

「それこそずるいよ。そう言われたら、逆に話したくなる」

ですからね？」

「じゃあ話してください。それで、一緒《いっしょ》に乗り越《こ》えましょう。一人では難しいことも、二人ならきっとできます。そうでしょう？」

「……そうだね。君と一緒なら、なんでもできそうな気がするよ」

だってもう、二人とも独りではないから。今は互いに支えとなる人がいる。

「さ、おかげでやる気が漲《みなぎ》ってきたので、さっさと解決しちゃいましょう！」

身体《からだ》が軽い。不思議だ。さっきまでは、緊張《きんちょう》と不安で手汗《てあせ》まで掻《か》いていたくらいなのに。心なんて踊《おど》り出しそうなくらい軽くなっている。

それもこれも、ウィリアムが隣《となり》にいてくれるからなのだと、フェリシアはちゃんと理解していた。

「ウィル、意地を張ってごめんなさい。心配もかけました。こんな私でも、まだ好きでいてくれますか？」

「それは私のセリフだよ。ごめんね、フェリシア。自分でも自分のやったことに驚《おどろ》いたくらい、君を誰《だれ》にも渡《わた》したくないんだ。でもやりすぎた自覚はあるし、もう二度とあんなことはしないと約束する。私のほうこそ、君に嫌《きら》われていない？　大丈夫？」

どうやら不安だったのは、お互い様のようだ。二人とも相手が頼《たよ》ってくれないことに不安を覚え、意地を張り、嫌われていないかと心配していた。なんて滑稽《こっけい》な二人だったろう。堪《こら》えられなくて、二人して笑声《しょうせい》を上げる。

久々にちゃんと笑えた気がした。

「じゃあ話を戻《もど》すけれど、フェリシアがここに来たのは、結局何が目的だったの？」

真面目《まじめ》な顔をしたフェリシアは、シスターから感じた匂《にお》いのこと、それが大麻《たいま》の匂いに似ていたことを話した。合わせて、先ほど見つけた大麻らしきものの葉っぱのことも。

「これが大麻か。私では一部だとよくわからないけれど、フェリシアが言うのなら可能性は高いんだろうね。またとんでもないものが出てきたな」

「でも、それだけで確信に至るにはまだ弱いと思うんです。できれば栽培《さいばい》現場を押さえておきたいですわ」

「賛成だ。なら、さっそくお宝探しの続きといこうか」

二人は歩き出した。昨日案内された菜園を横目に、フェリシアは空を見上げながら迷いのない足取りで進んでいく。

「もしかして、もう見当はついている？」

ウィリアムが言った。

「いいえ。ですが、大麻は温度管理が重要ですので、日当たりのいい場所で栽培されている可能性が高いんです」

「となると、南側かい？」

「ええ、おそらく。あとここは教会も併設《へいせつ》されています。万が一信者が迷い込んだときのことも考慮《こうりょ》して、大っぴらには栽培していないと思うんです」

もしくは、信者でなくとも子どもたちが気づく可能性だってあるだろう。子どもに大麻の知識があるとは思えないが、どこからかその知識を拾ってこないとも限らない。

二人は条件に合いそうな場所を探して、それぞれ周囲を見渡《みわた》す。

民家が少し離《はな》れた場所に点在しているだけではあるものの、そこまで離れているわけでもない。場所によってはこの裏手を望める家もある。

その中で、誰にも怪《あや》しまれずに栽培するとしたら？

「フェリシア」

ウィリアムの声に振《ふ》り返る。彼は養護院を囲むフェンスのところにいて、その外を指差していた。駆《か》け足で近寄る。

「君はやっぱりすごいね。この奥、君の挙げた条件が満たせそうな上に、見てごらん、これ」

彼が次に示したのは、フェンスに開いた穴だ。ちょうど、大人も通れそうな大きさの。

そしてその先には、背の高い木が連なっている。方角的にも日当たりは良さそうだ。

「ワンピースでよかったですわ」

「まあ、君ならそうくるよね」

若干呆《じゃっかんあき》れの混じった声だったような気がするが、フェリシアは気にせず身を屈《かが》めてフェンスを潜《くぐ》る。ウィルはそこで待っていてくださいと言う前に、彼もまた続いた。

「……ウィルも人のこと言えないと思いますわよ」

「一緒にと言ったのは君だろう？」

二人で顔を見合わせて、小さく吹《ふ》き出す。それもそうだと、再び足を進めた。

すると、養護院側からは木が邪魔《じゃま》をして見えなかった部分が、丸裸《まるはだか》になって目に飛び込んできた。だいたい一軒家《いっけんや》弱の面積だろうか。手のひらの形に似た小葉の集合体が、見事に生《お》い茂《しげ》っている。

ウィリアムが見守る中、フェリシアは葉をよく観察し、本物かどうか見極《みきわ》めた。

「――間違《まちが》いありませんわね」

「そうか。残念だよ」

ウィリアムが首を振る。

「ねぇ、ウィル。王妃殿下《おうひでんか》は、これをご存じだったと思いますか？」

試練として王妃が指定した養護院で、大麻が栽培されている。はたして王妃は、それを承知でこの試練を課したのか、はたまた知らずに課したのか。

そして知っていたなら、なぜここを試練の場所としたのか。なんとなく気になった。

「おそらく知っていた可能性は高いだろうね。陛下の言葉しか聞かない人ではあるけれど、意味のないことはしない人だから」

「男爵《だんしゃく》のほうはどうです？　そういえば、先ほど何か言いかけてましたわよね？」

「ああ。実はね、王妃殿下の代わりに視察に来たと告げると、男爵が慌《あわ》てだしてね。まあ、前もって連絡《れんらく》を入れていない、言わば抜《ぬ》き打ちに近い視察だから焦《あせ》ったんだろう。問題は、何をそんなに焦る必要があったのかということだけれど。視察の間にある程度揺《ゆ》さぶってはおいたから、行動を起こすならこの数日だろうと踏《ふ》んでる」

「それで今日ここに？」

「そういうこと」

フェリシアは顎《あご》に手を当てて、しばし黙考《もっこう》する。

（男爵の奇行《きこう》はおそらく、大麻を隠《かく》したかったから。シスターが一人で栽培するには、あの量は隠し通せないわ。男爵も噛《か》んでるとみて間違いないと思うけど、じゃあ、消えた子どもは？）

これも男爵が関係していそうだが、いったいどう関係している？　ウィリアムの話では、これまで売られたかもしれない子どもたちは、皆《みな》養子縁組《えんぐみ》という隠れ蓑《みの》を使われている。けれど今回消えた子どもは、ただ単純に姿を消した。この違いは何なのか。

そして王妃は、それさえも何か知っているのだろうか。

「それにしても、王妃殿下には後で苦情を伝えておくよ。大麻なんて大事《おおごと》、フェリシア一人にやらせるものじゃない。そもそも危険すぎる。たとえ知らずに試練を課したのだとしても、この様子だと随分《ずいぶん》前から栽培に手を出しているようだからね、把握《はあく》していなかったならそれはそれで問題だ」

そこでフェリシアは、天啓《てんけい》を得たように目を見開いた。

大麻。消えた子ども。多すぎる養子縁組。いくらなんでも危険な課題。フェリシア一人では難しい試練。

そして王妃は、この試練を課すとき、なんと言っていた？　こう言ってはいなかったか。

——〝王女が王妃の器《うつわ》に相応《ふさわ》しいか、見極めるためでもあるのだから〟

「それですわウィル！　私だけでは、危険だったんです！」

「……うん？」

いきなり叫《さけ》んだフェリシアに、ウィリアムは小首を傾《かし》げた。

「ですから、なぜ王妃殿下がこんな試練を課したかです。ウィルの言うとおり、もし王妃殿下が大麻のことを掴《つか》んでいたのなら、私だけでは危険な仕事です。力不足でもあります。でもそれは、一人だったら、の話ですわ」

「ごめんフェリシア、まだよくわからないな。つまり？」

「つまり、王妃が王を支えるのではなく、また王が王妃を支えるのでもなく、王と王妃は互《たが》いに協力し合うべき、ということです」

一方が一方を支える役目を担《にな》うのではなく、互いに支え合うべきだと。王妃はきっと、試練を通じてそれを教えようとしていた。

一人では難しい試練。フェリシアだけでは、男爵の行動など把握できるものではない。逆にウィリアムだけでは、大麻を見つけることはできなかっただろう。現に植物に詳《くわ》しいフェリシアだったから、その匂いに気づけたのだ。

「王妃殿下が試練を課したのは、ウィルが離宮《りきゅう》に来てからのことです。どんな試練を課すか考えるから数日欲しいと言っていたのに、もうその翌日には試練を課した――それってきっと、ウィルを待っていたからじゃないかしら。もともと王妃殿下は、ウィルを離宮に呼ぶつもりだったのよ。実際はそれより早くウィルが私を見つけちゃいましたけど。それで、ウィルもいる前で、私に試練を課した。ウィルが反対する可能性を思いつかないほど、王妃殿下は思慮《しりょ》の浅い方ではないわ。それを避《さ》けるなら、ウィルのいないときに試練を課せばいいだけだもの。でもそうしなかった。それはたぶん、私たち二人に聞かせる必要があったから。私たちが協力し合えるか確認《かくにん》したかったから。私が、自分の利益のために突《つ》っ走って真実を見誤るような、独善的な王妃とならないか、確かめたかったからだったんですよ！」

つまりこの試練は、最初から二人に課されていたのだ。

二人が協力して取り組まなければ、この養護院で起こっていることの全貌《ぜんぼう》を明らかにすることはできない仕組みだった。

〝王妃〟とは、もちろん民《たみ》を愛し、導ける者でなければならない。しかしそれは最低条件である。出来て当たり前のこと。

だから王妃が試《ため》そうとしたのは、その当たり前ではなく、王妃として王の隣《となり》に並べる存在かどうかということだったのだろう。

それはフェリシア自身も望む、ウィリアムとの関係性だ。

自信満々に自分の考えを伝えると、ウィリアムはいつもの笑顔《えがお》で「それはない」と完全否定をしてきたけれど、フェリシアは間違っていないと思っている。

なぜなら、王妃が最後に見せたウィリアムに向ける目は、母が自分《フェリシア》を見守る目とそう大差なかったからだ。

それは、子どもの行く末を案ずる、親の眼差《まなざ》しだった。

それからいったんウィリアムと別れ、院内に戻《もど》ると、フェリシアは食堂で若いシスターたちに囲まれている兄を発見した。

どうやら今までは、フェリシアという邪魔者がいたせいで近寄りたくても近寄れなかったらしい。すごいモテようだ。

確かに兄は顔が良い。グランカルストの社交界では、その光り輝《かがや》く美貌《びぼう》は太陽のようだとかなんとか。その噂《うわさ》を初めて耳にしたとき、フェリシアはそれはもう爆笑《ばくしょう》した。声も上げられないほどの大爆笑だった。ただ、翌日に兄の嫌《いや》がらせが倍になったことは、今でも謎《なぞ》である。爆笑したとき、フェリシアは確かに一人だったはずなのだが。

とまあ、それはいいとして。

シスターたちはフェリシアが戻ってきたことにまだ気づいていないようで、頑張《がんば》って兄に話しかけていた。

けれど、廊下《ろうか》側に顔を向けていた兄は、当然フェリシアの帰還《きかん》に気づいている。眉間《みけん》の縦皺《たてじわ》がすごい。今にも人を殺せそうな目つきだ。

楽しくなったフェリシアは、兄に向けて親指をぐっと立てた。

(邪魔者は消えますわね、お兄様。どうぞ心ゆくまで楽しんでください)

これが日頃《ひごろ》の仕返しであることは、二人の関係を知っている者なら察しただろう。

(さ。じゃあ私は遠慮《えんりよ》なくウィルのところに戻ろうかしら)

ウィリアムは今、この養護院から少し離《はな》れた場所でフェリシアを待ってくれている。宮殿まで一緒《いっしょ》に帰ろうと約束したからだ。

本当は男爵についても探《さぐ》りを入れるつもりだったけれど、大麻《たいま》が見つかったのだからその必要はないとウィリアムは言った。

『フェリシアのお手柄《てがら》だよ。男爵の行動だけでは調査団の派遣《はけん》には踏み切れなかったけれど、大麻があるなら話は簡単だ。すぐにでも調査団を派遣できる。それに、今男爵に深入りして逃《に》げられるほうがまずいからね。今日はここまでにしよう。子どものことがあるから、明日《あす》にでも派遣させるよ』

そういうことで、ウィリアムとも仲直りできたフェリシアは、るんるんで帰ろうとした。

が、帰れなかった。兄の刃並《やいば》みに鋭《するど》い声が、背中に突き刺《さ》さったからだ。

「エマ。夫を置いていくとはどういう了見《りょうけん》だ。おまえが昔やらかしたじゃじゃ馬ぶりを、余すところなく暴露《ばくろ》してもいいのだぞ」

誰《だれ》に、とは訊《き》かなくてもわかる。いったいどの行動のことを言われるのかと、心当たりがありすぎたフェリシアは、大人しく兄を救い出すことにしたのだった。


そうしてリカルタ宮殿《きゅうでん》に戻ったフェリシアは、王妃《おうひ》と対面する。

隣にはもちろんウィリアムもいる。

自信があった。きっと大丈夫《だいじょうぶ》だと、胸を張って報告していた。

だから、まさかあんなことになるなんて、フェリシアは想像もしていなかったのだ。

第四章 ⁂ 長年の誤解に終止符を打ちます！

やっと生まれた、小さな小さな愛《いと》し子は、この先きっと、過酷《かこく》な運命を背負って生きることになる。

せめて弟妹を産んであげられたらと、何度思ったことだろう。

けれど、もともと子どもができにくい体質だったらしく、きっとこれ以上は望めないと医師に宣告された。

負い目があった。その負い目が。愛する陛下《おっと》に。

だから、医師からそう宣告されてからは、ただただ陛下のために尽《つ》くそうと決めた。それが王妃でありながら、世継《よつ》ぎを一人しか産めなかった自分への罰《ばつ》だと、信じて疑わなかったのだ。

陛下があの子を厳しく育てるならば、同じように接しましょう。

陛下があの子を王子として育てるならば、同じように王妃として接しましょう。

それが、陛下の、ひいてはあの子のためでもあると、信じて疑わなかった。

それが間違《まちが》いだったと気づいたのは、あの子が初めて笑った日。感情の抜《ぬ》け落ちた目で、それまで慕《した》っていた家庭教師に殺されそうになったにもかかわらず、何事もなかったように笑った日のことだ。

間違っていた。陛下も、自分も。何もかもが間違っていた。

あの子はもう二度と許してはくれないだろう。

だからせめて、あの子の隣には、あの子を心の底から愛し、二人で共に生きようとしてくれる、そんな女性《ひと》を選ばなければならないと思っていた。

あの子に頼《たよ》りきりでも、あの子に尽くそうとする女性でもなく、二人で一緒に支え合おうとしてくれる、そんな女性でなければ。

ああ。だのに。

様子を確認させている銀髪《ぎんぱつ》の若い文官からは、いつもお決まりの言葉ばかり。

『どうやら頼ることが苦手のようです。王女殿下は、尽くすタイプのようですね』

それでは同じ過《あやま》ちを繰《く》り返してしまう。それでは自分の二の舞《まい》だ。

そんなことでは、いつか綻《ほころ》びが生じる。

決めていた。この試練で、王女が大麻の事実のみを摑《つか》んだなら、彼女を排除《はいじょ》するのは自分の役目だと。

たとえ大国の姫《ひめ》であろうと関係ない。

願わくは、あの子の幸せを。

そのためならば、もう、自分はどうなろうと構わなかった――。

「――ということで、あの養護院は大麻を栽培《さいばい》しておりましたので、明日にでも調査団の派遣を要請《ようせい》しようと思っています」

フェリシアは、養護院の視察結果を王妃に報告していた。

応接用の革張《かわば》りのソファには、前回と同じく王妃とアイゼン、そして隣にウィリアムが座っている。

王妃の侍女《じじょ》が淹《い》れてくれた紅茶は、とっくに湯気が消えていた。

王妃は終始軽く瞼《まぶた》を伏《ふ》せて耳を傾《かたむ》けていたため、正確な表情は読み取れない。

「フェリシア王女」

やがて、王妃が口を開いた。

「それで終わりなのね」

「はい。確証を得られたのは」

「そう、そうなの。ああ、なんてこと。やっぱりあなたは……」

なんだか様子のおかしい王妃に、ウィリアムと顔を見合わせる。

「王妃殿下？　どうされましたか。ご気分でも優《すぐ》れませんか？」

心配になったフェリシアが訊《たず》ねるが、王妃はうわ言のように何かを繰り返し呟《つぶや》くだけで、全く反応がない。

そのとき、フェリシアの視界を黒いものが掠《かす》めた。その間にも、王妃のひとり言は続いている。

やはり様子がおかしい。王妃の隣《となり》にいる兄もさすがに変だと思ったのだろう。いくら相手が一国の王妃とはいえ、隠《かく》すことなく渋面《じゅうめん》を作っていた。

見かねた兄が声をかける。すると突然《とつぜん》、王妃が勢いよく立ち上がった。


「――やっぱり、わたくしがやらなければいけないのね」


刹那《せつな》。

ぶわりと、風が膨《ふく》れて破裂《はれつ》したように、王妃から黒いモヤが溢《あふ》れ出した。

なぜ。どうして。なんで瘴気《しょうき》がここに。

疑問を口にするより先に、その瘴気のせいで辺りが真っ黒に染まっていく。

困惑《こんわく》を隠せないでいると、次いでばたばたと人が倒《たお》れていくところを視界に捉《とら》えてしまい、周囲と同じくパニックに陥《おちい》る。まるで瘴気が人を昏倒《こんとう》させているように見えて、フェリシアはハッとした。

「お兄様、どこですかお兄様っ！」

兄は王妃の隣に座っていたのだ。倒れている王妃の侍女同様、もし、瘴気に襲《おそ》われていたら——。

(なに、なんなの、この状況《じょうきょう》。なんで瘴気が人を襲ってるの⁉)

思考がぐちゃぐちゃになりながらも、とにかく勘《かん》を頼りに瘴気の中に突《つ》っ込もうとする。が、その前に誰かに腰《こし》を掴まれて、抱《だ》き上げられた。

「放して、お兄様がっ」

「大丈夫。ここにいる」

え、と。暴れるのをやめて、その声に振《ふ》り返る。

フェリシアを止めたのはウィリアムだった。彼の手は、しっかりとアイゼンの上襟《カラー》を掴んでいた。

そして掴まれているアイゼンは、苦しげに咳《せ》き込んではいるものの、意識がある。

「お兄様……」

思わず嗚咽《おえつ》をこぼしそうになった。彼はフェリシアより早く兄を助けてくれたのだ。安堵《あんど》なのか感動なのかわからない感情で、胸の奥がきゅっと苦しくなる。

「良かったですね、義兄上《あにうえ》。フェリシアに心配してもらえて」

「けほっ。何が良いものか。男の嫉妬《しっと》は見苦しい上に、身内《あに》にまで嫉妬するとは心の狭《せま》い男だな。いい加減手を放せ。突然なんなのだ。首が苦しい」

「ああ……見えないと、確かにこの異常さはわかりませんね」

そう、見えないとわからない。この恐《おそ》ろしい状況は。

王妃《おうひ》から瘴気が溢れ、その瘴気に中《あ》てられた王妃の侍女たちが意識を失い、まるで血のない殺人現場の様相だ。

「ゲイル」

ウィリアムが宙に向かって呼んだ。

いつもなら無駄《むだ》に元気よく登場するゲイルだが、今回はかなり嫌《いや》そうに登場する。

「はいはーい、呼ばれても飛び出たくないゲイルでーす。親子喧嘩《げんか》の収束は承《うけたまわ》れませんよ～殿下《でんか》。なんちゃって」

「ふざけるのは後だ。いくら瘴気が見えなくても、おまえなら状況はなんとなく把握《はあく》できているな？」

「そりゃあまあ、ビシバシきてますからね、魔物《まもの》に対峙《たいじ》したときと同じ嫌な感じが。だから出たくなかったのにぃ」

「理解しているなら、今すぐ王宮に行って浄化薬《じょうか》を手に入れてこい。正規の手続きでは時間がかかる。得意だろう、そういうのは」

「確かに得意ですけど……え、なに。もしかしてこれ、殿下が俺を認めてくれた感じっすか？　殿下が俺の腕《うで》を？　うわ感動。それなら出た甲斐《かい》もありますね！」

「いいから早く行ってこい。それと――」

ウィリアムはもうひと言ふた言ゲイルに耳打ちすると、次にライラを呼んだ。

「グランカルストの騎士《きし》たちは外に出したか」

「すでに。そのまま入って来られないよう、時間稼《かせ》ぎは別の騎士が」

「よくやった。――義兄上」

「いい。説明なら後で聞く。その代わり、余から貴殿に言うことは一つだ」

「わかっています。守りますよ――それがたとえ、何者からであろうとも」

フェリシアはぞっとした。そう言ったウィリアムの瞳《ひとみ》まで、王妃と同じように昏《くら》く淀《よど》んだような気がして。

どく、どく。悪い予感に鼓動《こどう》が騒《さわ》ぐ。

ウィリアムはいたって冷静だ。いや、冷静すぎるのだ。

王妃から瘴気が溢れ出し、こんな訳のわからない状況に陥っているにもかかわらず、彼は全く動じていない。

（いくら仲が悪いといっても、実の母親よ？）

実の母が、瘴気に侵《おか》されているというのに。

フェリシアでさえ、姉のブリジットが同じような状況になったとき、動揺《どうよう》し、驚《おどろ》きを露《あら》わにしたくらいなのに。

ウィリアムは、驚いてすらいなかった。

「さて、腐《くさ》っても一応あなたは王妃です。シャンゼルの顔を汚《けが》すわけにはいきませんから、他国の方には席を外してもらいましたよ。浄化薬が間に合えばいいですが、間に合わなかったそのときは、どうしましょうか」

感情のない、仮面の微笑《ほほえ》み。絶対零度《れいど》でさえ熱く感じるような、いつも以上に読み取れない表情。

これが本当にウィリアムなのかと、彼の優《やさ》しい顔を知っているフェリシアとしては、どうにも信じがたい。

「あ……ああ、どうするも、ないわ。わたくしのやることは、何があっても変わらない。あなたを立派な王にするのよ。誰《だれ》にも邪魔《じゃま》はさせない。それが、陛下との約束なのだから」

一歩、王妃が踏《ふ》み出した。それに反応するように、ウィリアムとフェリシアの騎士たちが足止めするように構え出す。

「またそれですか、あなたは。よく飽《あ》きもせず同じことが言えますね。そんなことのためにフェリシアを排除《はいじょ》しようとしたのですか？　は――反吐《へど》が出る」

その言葉にぎょっとして、フェリシアはウィリアムを勢いよく振り返った。

だって、彼が腹の底で唸《うな》るような声を出したから。しかも、反吐が出るなどと、初めて聞くような乱暴な言葉遣《ことばづか》いで。

(この際自分が狙《ねら》われたうんぬんは置いとくわ！　え、怖《こわ》い。普通《ふつう》に怖いんだけど、どうしちゃったのウィル⁉)

周りの騎士たちも、瘴気が見えていない者が多いのだろう。どちらかというとウィリアムが発する威圧《いあつ》のほうに怯《おび》えている気がする。

「どうしてっ……なぜあなたはわたくしたちの言うことが聞けないの、ウィリアム！　陛下もわたくしも、ただあなたを立派な王にしようとしているだけなのよ。あなたに相応《ふさわ》しい王妃を見繕《みつくろ》おうとしているだけなのよっ。フェリシア王女ではあなたの王妃は務まらないわ。彼女は一人で試練をこなした。大麻《たいま》を見つけたことは褒《ほ》めてあげるけれど、それでは意味がないの！　彼女は不合格よ。この国には要《い》らないっ！」

そのとき、フェリシアの中にすとんと落ちるものがあった。

(ああ、なんだ。やっぱりそうだったのね)

ほら見なさいと、状況も忘れてウィリアムへ胸を張りたい気分である。

やっぱり王妃はフェリシアが辿《たど》り着いたとおりの意図をもって、二人に試練を課していたのだ。

それはつまり、王妃はちゃんとウィリアムのことを思っているという証拠《しょうこ》に他《ほか》ならない。

「ほら、聞いたでしょうウィル。やっぱり私、の……──あれ？」

私の言ったとおりだったでしょと、続けるつもりだった言葉は、しかし続けられなかった。

本当はそのまま「やっぱり何か誤解があったみたいね」「あなたのお母様は、ちゃんとあなたのことを考えてくれていたのよ」「だから、このへんでそろそろ仲直りしましょう？」と、大団円に持っていくつもりだったのだが。

残念ながら、ウィリアムには全くその気がないようだ。なぜなら見上げた彼の表情が、先ほどの冷酷《れいこく》さを纏《まと》ったまま何一つ変わっていなかったから。

（ええ!?　なんでまだ剣呑《けんのん》な雰囲気《ふんいき》のままなの!?）

まさかここまで拗《こじ》れていただなんて、フェリシアは思ってもいなかった。

ウィリアムが薄《うす》く唇《くちびる》を歪《ゆが》める。

「不合格、ね。その身勝手なところ、本当に昔から変わりませんね、王妃殿下。以前私が言ったことをあなたは覚えているでしょうか。よりによってあなたが王妃を語るなと、そう忠告したはずです。陛下の言いなりにしかなれないあなたが、どうしてフェリシアを侮《ぶ》辱《じょく》できると思ったのです？　だいたい、何が立派な王だ。ただの人形が立派な王になれると思っているなら、実におめでたい思考回路ですね。フェリシアがいなかったら私は今でもそのただの人形だった。あなた方はフェリシアに感謝こそすれ、侮辱できる立場にはない。それを、なぜ今さら口を出すのか。本当に腹立たしくて仕方ない」

　ゆらり。ウィリアムにそっと忍《しの》び寄る、黒いモヤ。

「言っておきますが、私の隣《となり》は誰が何を言おうとフェリシアだけだ。彼女はあなたよりも立派に王妃を務めてみせるでしょう。あなたよりよほど賢《かしこ》く、愛情深く、私と共に国を守ってくれるでしょう。わかりませんか。この国に不要なのはむしろ――！」

　その続きを言わせまいと、フェリシアは反射的に動いていた。

　ウィリアムと王妃、二人の間に割って入る。

「さっきから黙《だま》って聞いていれば……お二人ともいい加減にしてくださいませ！」

　咄嗟《とっさ》に手に取ったカモミールを、容赦《ようしゃ》なく両人の口元に突《つ》っ込んだ。なんならウィリアムのほうには、口の中に突っ込んでやった。

「もう！　なんなんですのお二人とも。もどかしいったらないわ！　特にウィル！」

　キッと睨《にら》みつける。なぜ誤解だとわかっても喧嘩腰《けんかごし》なのかと、言外に問い詰《つ》めた。

　しかしそんなフェリシアに呆気《あっけ》にとられ、毒気を抜《ぬ》かれたからなのか、ウィリアムから感じていた嫌《いや》な気配は消えていた。同時に、彼に近づいていた瘴気《しょうき》が、まるで意思を持っているかのように離《はな》れていくのも見えた。

　無意識にほっと息をついたが、どうやらウィリアムのほうは気づいていないようだ。

「あの、フェリシア？　怒《おこ》る前にこれ、苦いから出し――って何してるんだフェリシア！

王妃殿下《おうひでんか》に近づいたら瘴気がっ――て、え？」

なぜかぽかんとするウィリアムを放《ほう》って、フェリシアは「いいですか」と説教モードに入った。

「さっきも言いかけましたけど、まずお二人はお互《たが》いに誤解しているように思います。やはり養護院での私の推理は合ってたんですよ、ウィル。王妃殿下はちゃんとあなたを心配して、だから私にあんな試練を課したんです。お互いに協力し、支え合う大切さを教えるために。そうですよね、王妃殿下？」

優しく問いかけるように、フェリシアは王妃に微笑みを向けた。

彼女は敵じゃない。ウィリアムの母親だ。

姉《ブリジット》のように、家族を殺そうとしたわけではない。

ただ、心配が高じて、やり方を間違《まちが》えてしまっただけ。それだけなのだ。

「フェリシア、王女」

王妃の瞳《ひとみ》にあった淀《よど》みが、ゆらりと揺《ゆ》れる。

「きっと私の報告の仕方が良くなかったんですね。ちゃんと私たち二人で、あの養護院が大麻を栽培《さいばい》している可能性と、異常に多い子どもたちの養子縁組《えんぐみ》に関する疑念に辿り着きました。養子縁組については、人身売買が関係している可能性が高いです。でも先ほどそれを報告しなかったのは、大麻ほど確証を得てはいなかったからですわ」

王妃に向けて突き出したカモミールを、フェリシアは一振《ひとふ》りした。

「どうです？　香《かお》りますか？　これはハーブティーにするジャーマンカモミールとは違って、飲用には向かないと言われるローマンカモミールですけれど、そのぶん香りが強いんです。鎮静《ちんせい》効果があるんですよ。落ち着く香りでしょう？」

もともと飾《かざ》り棚《だな》の上に飾ってあった花だ。王妃は知っていることだろう。

ウィリアムの口を塞《ふさ》いで、王妃に落ち着いてもらうには、この花はちょうど良かった。なにせ味は苦く、香りはりんごのように甘く、心に安らぎを与《あた》えるものだから。

「ちなみにですけど、安心してくださいねウィル。カモミールに毒はありませんわ」

「いや、そのあたりは君を信頼《しんらい》しているから心配はしていないけれど……そんなことよりフェリシア、君はいったい……」

「私がどうかしましたか？」

「気づいていないのかい？　そんなに王妃殿下に近づいても、君は瘴気で倒《たお》れていない」

はたと思考が止まった。

そしてよくよく自分の状態を確認《かくにん》してみると、確かに元気だ。当然意識もある。

けれど、王妃にもカモミールをお見舞《みま》いしているせいで、その距離《きょり》は誰《だれ》より近いはずだった。なのに、瘴気に侵《おか》されていない。

「……え、カモミールの効果かしら？」

　ごくり。期待で喉《のど》を鳴らした。大好物の料理を目の前に出されたときのように、無駄《むだ》に瞳を輝《かがや》かせている自覚がある。

「フェ、フェリシア王女……？」

　対して、王妃はただならぬものを感じ取ったのか、フェリシアから距離を取るように身を仰《の》け反らせた。

「ああっ、だめです、王妃殿下。できればそのまま、そのまま動かないでくださいませ！　これは浄化《じょうか》薬の研究に役立てられそうだわ！　不思議ね。どうしてかしら。カモミールにも瘴気に効く成分があったということ？　でも前に試《ため》したときは失敗したのに、今回は何が素敵《すてき》な感じに作用したのかしら⁉　ふふふ、心が躍《おど》るわ。というわけで、少し試させていただきますわね、王妃殿下！」

　まずは花から、と状況《じょうきょう》も忘れて実験を始めようとしたとき、後ろからウィリアムに抱《だ》きしめられて、王妃から引き離される。

　いや、これはどちらかというと羽交《はが》い締《じ》めに近い。なぜだ。いつもより止め方が雑な気がしてムッと唇を突き出した。

「お願いよウィル。放して。これはチャンスなのよ。災《わざわ》い転じて福となすなのよ！」

　こんな絶好の機会、逃《のが》してなるものか。本気で懇願《こんがん》した。だというのに。

「――っふ、ふふ、ははっ。待って。その顔、本気で実験するつもりだったの？　この状況で？　嘘《うそ》でしょう？　ふふ。だめだ。おかしくて笑いが止まらない」

どういうわけか、ウィリアムに爆笑《ばくしょう》された。大口を開けて。片手で額を押さえながら。

勘弁《かんべん》してとでも言うように。

そんな息子《むすこ》を見た王妃は、腰を抜かしたようにぺたりと床《ゆか》に座り込んだ。

唖然《あぜん》とするその様子に比例して、王妃の身体《からだ》から溢《あふ》れ出ていた瘴気が萎《な》えるように勢いを失っていく。

「…………ああ、その顔が、わたくしは……」

続く言葉は聞こえなかったけれど、きっとそれは、王妃の願いが叶《かな》った瞬間《しゅんかん》だったのだろう。昏《くら》く淀んでいた瞳に、少しだけ奥を覗《のぞ》けるほどの光が灯《とも》った。

そこには間違いなく、親から子への愛情が見え隠《かく》れしている。

(なんだかよくわからないけど、解決した、のかしら)

正直に言うと、ウィリアムがここまで笑っている理由も、王妃が落ち着いた理由も、フェリシアにはちんぷんかんぷんなのだけれど。

それでもまた、彼が素の表情で笑ってくれるのなら。

(とりあえず、今くらいは私も好奇心《こうきしん》をしまっておこうかな)

理由はわからなくても、空気は読めるフェリシアである。

しかしここで、空気を読めない男が現れた。いや、ある意味読んだのだろうか。

「はいはーい！　ついに殿下《でんか》の信頼を勝ち取ったゲイル・グラディスのお戻《もど》りですよー！　褒《ほ》めて褒めて。俺猛《もう》スピードで戻ってきたんですから。ほら、浄化薬とー、じゃじゃん！　国王陛下のおなーりー」

「……え？」

本気で空気読めないというか読まないわねこの男、と密《ひそ》かに思ってからの、衝撃《しょうげき》の人物の登場。そんな馬鹿《ばか》なと目を擦《こす》った。だって国王は先日倒れたばかりで、最近ようやく公務に復帰し始めたと聞いている。

そんな状態の人間を、まさか、こんな心臓に悪いだろう状況下へ連れて来たのかと疑った。

ゲイルが大仰《おおぎょう》に腰を折って迎《むか》える横を、その人物はゆっくりと進んでくる。

シャンゼルの国王であり、ウィリアムの父であり、そして、王妃の夫。

以前見たときよりも明らかに頬《ほほ》がこけていて、ゆっくり歩いているのではなく、ゆっくりとしか歩けないほど足腰が弱ってしまっているのだと気づく。

式典で着るような礼服ではないからか、それとも病でやつれたからか。今の国王は、王というよりも、一人の老人にしか見えない。

一歩一歩。着実に進む先は、床にへたり込んでいる王妃の許《もと》だった。

ウィリアムはそれをただ、静かに見つめている。

（全く動揺《どうよう》してない。まるで陛下が来るのを知っていたみたいだわ。ゲイルが連れて来たこともそうだけど、もしかして陛下をここに呼んだのは、ウィル？）

国王は、躊躇《ためら》うことなく王妃のそばに膝《ひざ》をついた。瘴気《しょうき》は、今ではもうわずかに王妃の身体から漏《も》れ出ているだけで、先ほどのように襲《おそ》ってくる気配はない。

「この馬鹿者が」

静かな、それでいて、怒《いか》りと悲しみを押し込めたような声音《こわね》だった。

憔悴《しょうすい》が滲《にじ》み出ており、それだけで国王の健康状態が良いものではないと推《お》し量れる。それでもここに来たのは、王妃のためか。ウィリアムのためか。あるいは両方のためか。

「何をやっているのだ、王妃よ」

「陛下……も、申し訳ございません。申し訳ございませんっ、陛下」

何度も何度も謝る王妃に、国王は小さく首を横に振《ふ》る。そうして何かを告げようと口を開いたとき、しかし激しく咳《せ》き込んだ。

「っ、ごほっごほっ」

「陛下！」

王妃が反射的に手を伸《の》ばしたが、自分に取り憑《つ》いている瘴気のことを思い出したのだろう、慌《あわ》てて手を引っ込めていた。

その代わりではないけれど、咳き込む背中をさすろうとフェリシアが動いたとき、ウィリアムに引き止められる。

瞳に戸惑《とまど》いを乗せて見上げれば、彼は首を横に振った。大丈夫《だいじょうぶ》だから、そう言われた気がした。

「飲みなさい」

なんとか落ち着きを取り戻した国王が、浄化薬を差し出す。ゲイルが取ってきたものをすでに渡《わた》していたのだろう。王妃《おうひ》の感情に呼応するようになりを潜《ひそ》めてはいるけれど、瘴気は瘴気。なんともなさそうにしているが、今なお身体は瘴気に侵され続けているはずだ。

王妃は素直に受け取ると、一気に飲み込む。そのまずさに一瞬だけ顔を顰《しか》めていたが、さすがと言うべきか、王妃のプライドで吐《は》き出すことはなかった。

「っうぁ、ああっ、あああ」

王妃が苦しみ始める。身体の中で瘴気と浄化薬が闘《たたか》っているのだ。無意識に自分の喉元《のどもと》を掻《か》こうとする王妃を、国王が手を掴《つか》んで阻止《そし》する。

やがて、王妃の中から完全に瘴気が浄化されると、国王はまた言った。

「本当に、大馬鹿者め」

しかしそれは、国王自身も自分に言い聞かせているようで。

「勝手に私を殺して、君が一人嫌《きら》われ役を演じることはなかった。私はまだ、君と共にいるじゃないか。なぜそれを思い出さなかった」

「仰《おっしゃ》る、とおりですわ。ああ、どうして。どうしてわたくしは、一人で、こんなことを。フェリシア王女には、あんな試練を、課したくせに……っ」

ぽろ、と。王妃の瞳《ひとみ》から涙《なみだ》が落ちる。まるで、ずっとそこにあった淀《よど》みを全《すべ》て流しきるように。ぽろぽろと、ぽろぽろと。

瞳が徐々《じょじょ》に透明《とうめい》度を取り戻していく。

「ああ、なぜ、わたくしは王女に、ウィリアムに、あんな酷《ひど》いことを。ごめんなさい。ごめんなさい」

どうかしていた。自分でも恐《おそ》ろしい。なぜ排除《はいじょ》しようだなんて。本当にごめんなさい。ごめんなさい——。

両手で顔を覆《おお》う王妃を、国王が優《やさ》しく包み込む。

「君も知ってのとおり、私はウィリアムを立派な王とすべく家族として接するのをやめた。だが、君までそんなことをする必要はなかったのだ。君は君の好きなように、ウィリアムとの関係性を築いていけばよかったのに……本当に、二人して大馬鹿者だよ」

その光景を見て、フェリシアは思った。ああこの二人は、きっと愛し合って結婚《けっこん》したのだろうと。たとえ政略結婚だったとしても、そこに愛は生まれていた。

愛があったからこそ、互《たが》いに遠慮《えんりょ》して、負い目を感じて。そうして拗《こじ》れてしまっただけなのだと。

隣《となり》にいるウィリアムの袖《そで》を、軽く引っ張る。

気づいた彼が振り向き、その瞳にフェリシアを映してくれる。

愛し合っているからといって、全てがうまくいくとは限らない。互いに歩み寄らなければ、愛は続けられない。

だって一人でする恋《こい》と違《ちが》って、愛は二人で育《はぐく》んでいくものだから。

「ウィル、少し屈《かが》んでくださいませ」

「？」

これから先、自分たちがどうなるかはわからない。

もしかすると、国王夫妻のようにすれ違ってしまうこともあるかもしれない。

それでもきっと、また、二人で共に歩き出すために。

「私だって、王妃殿下《でんか》にも国王陛下にも、誰《だれ》にも負けないくらい、ウィルのこと愛してますからね」

屈んでくれた彼の首に抱《だ》きついて。

ひと組の夫婦《ふうふ》に負けじと、耳元で愛を囁《ささや》く。

そうしてすぐに離《はな》れて、照れを誤魔化《ごまか》すようにへらりと笑う。

自分にしては大胆《だいたん》な行動だけれど、目の前の両親を見つめる彼が、どこか寂《さび》しそうに見えたから。

私がいますわと、そんな想《おも》いを込めてみた。

「本当に君は……いつもいつも私の想像を超《こ》えてくる。そんな君だから——。いや、うん、そうだね。君が闘ったのに、私が逃《に》げたままは格好悪いよね」

「？」

何かを決意したような強い眼差《まなざ》しで、ウィリアムが一人呟《つぶや》く。

手を差し出されて、条件反射で自分の手を重ねると。

「私も闘うよ。いい加減情けない自分と決別しよう。そのために、隣にいてくれるかい？」

「！　もちろんですわ」

さらにしっかりと手を握《にぎ》り合い、二人で国王と王妃の前に並んだ。

「陛下、王妃殿下」

フェリシアは、本当は気づいていた。ウィリアムが決して国王と王妃を父や母と呼ばないことに。もしかすると、呼べないのかもしれないということに。

今も変えられないということは、それだけウィリアムにとって違和感《いわかん》のある呼び方で、そうなった彼の過去を思うと、自分のことのように悲しくなる。

でも。

「まずは陛下、見舞《みま》いに行けず申し訳ありませんでした。まだ完全回復ではないと聞いています。もうしばらくは公務をお休みくださって構いません。陛下のおかげでシャンゼルには優秀《ゆうしゅう》な文官が多いので、彼らと共にもうひと踏《ふ》ん張りしましょう。ですから今は、どうぞご自愛ください。そして王妃殿下。少し癪《しゃく》ですが、あなたが課した試練のおかげで、フェリシアと仲直りできましたから、その点は感謝しています。大切なことにも気づけました。だからこそ、今度はあなたが大切にするもののために時間を使ってください。陛下の看病などいかがです？　どうやらお二人とも似た者同士のようですので、息子《むすこ》に拗れた愛情を押しつけるくらいなら、素直《すなお》な愛情を互いに注ぎ合ってください。理由は知りませんけれど、離れて暮らしているからこんなことになるんです。とばっちりを受けるこちらの身にもなってほしいものですね」

最後のほうは愚痴《ぐち》のような気もしなくはないが。言葉の端々《はしばし》に感じる。ウィリアムはちゃんと、両親の思いに気づいている。拗れた愛情とはよく言ったものだ。

「ただ、私はやはりあなた方を父や母とは呼べません。そうあるべきとして生きてきた今までの二十二年間を、今さらなかったことにはできないからです」

「……当然だ。呼んでもらいたいとも思わぬ」

「ええ、陛下ならそう仰ると思いました。ですが、私はもう独りではありませんから。昔よりは他者のことを考える余裕《よゆう》があります。王として、たった一人しかいない後継《こうけい》を育てる重責が如何《いか》ほどのものだったのか、理解できないわけでもないのです」

だから、と。ウィリアムはここで、貼《は》りつけて固まっていた頬《ほほ》から、ふっと力を抜《ぬ》いた。

「意地を張っても仕方ないなと、思えるようになりました。もう独りではないのに、いつまでも孤独《こどく》の被害者《ひがいしゃ》であり続けることはやめようと思います。あの事件のことだって、別にあなた方が悪いわけではない。ですからこれからは、たまに機嫌伺《きげんうかが》いくらいはするようにしましょう。もちろん、フェリシアと共に」

ウィリアムの視線がこちらに落ちる。フェリシアはもちろんだと伝えるために何度も頷《うなず》いた。

彼が必要としてくれるのなら、どこにだってついていく。

「機嫌伺いか。業務連絡《れんらく》さえ、なるべく部下を寄越《よこ》すおまえが……。変わったのはフェリシア王女のおかげかな」

国王はそう言うと、フェリシアに向けて柔和《にゅうわ》な微笑《ほほえ》みを浮《う》かべた。ウィリアムに向ける硬《かた》い表情との差に、少しだけ当惑《とうわく》する。

でも確かに国王は、これまでだって民《たみ》や臣下の前では基本的に柔《やわ》らかい表情だった。それが国王の仮面なのか。もしくは、息子に向けたものが仮面だったのか。

どちらにしろ、フェリシアのおかげでウィリアムが変わったというのは、少し大げさのような気がした。

が、隣のウィリアムはどうやら違ったらしい。

「疑うべくもなく。フェリシアがいなければ今の私はいなかったでしょう。一生あなた方

と向き合うつもりはありませんでしたし、できれば顔を合わせることなく終わればいいと思っていたくらいですから」

え、と。国王の御前《ごぜん》だというのに、フェリシアはつい声を荒《あら》げてしまった。

「ちょっとウィル、何を言ってますの。まさか本当にそう思ってたなんてことはないですわよね⁉」

「思っていたよ？　わりと本気で」

「だとしてもなんで今バラしちゃいますの⁉　せっかく良い感じにまとまりそうだったのに！」

闘《たたか》うと言ったのはどこの誰だ。喧嘩《けんか》を売るために闘うというなら、全力で止める所存だ。

「仲直りするために向き合おうとしたんじゃありませんの⁉」

「ああ、ごめんねフェリシア。私は君ほど純粋《じゅんすい》で優しくはないから、完全に歩み寄るのは難しいんだ。どうやらこれまでのことは愛情の裏返しらしいと理解はしたけれど、だからといって突然《とつぜん》『父上と母上は私のことを愛してくれていたんですね。私も愛しています』とはならないだろう？」

「そっ――んなものでしょうか？」

「そんなものだよ。君が今日突然『お兄様大好きですわ』とならないのと一緒《いっしょ》かな」

「…………そう、ですわね。そんなものですわね」

確かに突然それはない。これまでの仕打ちを思い出せば、せめて「好き」止まりである。

いや、そう言う自分を想像できないので、もう少しレベルを下げたいかもしれない。

すると、これまでずっと沈黙《ちんもく》を保っていたアイゼンが、噛《か》みつくように反論した。

「おいふざけるな。せっかく人が他家の話に口を出さずに大人しくしてやっていたというのに、ここで余を引き合いに出すとはどういう了見《りょうけん》だ」

「残念でしたね、義兄上《あにうえ》。フェリシアは大好きじゃないそうですよ。所詮《しょせん》、偽者《にせもの》は偽者でしたね」

「まさかまだ養護院の設定を根に持っているのか？　心が狭《せま》すぎるだろう！　シャンゼル王、いったいどんな育て方をしたらこんな男ができあがるんだ！」

「いや、私は……」

「放置を極《きわ》めればこんな男ができますよ。おかげで執着《しゅうちゃく》が人一倍強くなりました」

「待て、なぜ貴殿は開き直っている？」

アイゼンの額にはいくつもの青筋が浮き出ている。

「ですが、おかげでフェリシアに出逢《であ》えました。そしてこんな性格でなければ、途中《とちゅう》で義兄上からの嫌《いや》がらせに挫《くじ》けて諦《あきら》めていたかもしれません」

「だから折に触れて余を巻き――んぐ!?」

吠《ほ》える兄の口を、フェリシアは容赦《ようしゃ》なくカモミールで塞《ふさ》いだ。

ウィリアムは、少しだけ眉尻《まゆじり》を垂れ下げながら、父と母に向けて目を細めた。それは、いつもの仮面よりは、彼の本音が表れていて。

「そういうわけですから、今では感謝もしています。そしてこうなるまで私に気づかせなかったその手腕《しゅわん》には、尊敬の念を表します。今の私には、これが精一杯《せいいっぱい》です」

国王と王妃《おうひ》が、両目を見開いたまま互《たが》いに顔を見合わせた。息子の変化に戸惑《とまど》いを隠《かく》せないのがありありと伝わってくる。

完璧《かんぺき》な仲直りの道は、まだまだ程遠《ほどとお》いけれど。

ウィリアムの誤解がなくなって、父と母の本当の思いを知って。

きっと、親子で笑い合える日は、そこまで遠くはないだろう。

そんな未来を胸に抱《いだ》きながら、フェリシアはウィリアムの腕《うで》に寄り添《そ》った。

エピローグ

清々《すがすが》しい朝だった。神様からのプレゼントのような、抜けるような蒼《あお》さが広がる空の下。

「ねぇ、ドレスの準備できた⁉」

「できてます！　ネックレスどこですか⁉」

「こっちにあるわ。それより入浴は終わった？」

「今終わりました！」

本日行われるのは、シャンゼル王国王太子とその婚約者《こんやく》の、国を挙げての結婚式である。

ジェシカを筆頭に、フェリシアのメイドや手伝いに来てくれた王妃の侍女《じじょ》たちが、朝からずっとバタバタとあっちこっちを行き来している。

フェリシアはされるがまま済ませた入浴から部屋に戻《もど》ると、その惨状《さんじょう》にちょっと引いた。

「今日の靴《くつ》はこっちじゃないわ。もっとヒールの高いものを持ってきて！」

「メイク道具の準備できましたー！」

「ねぇヴェールがないんだけど、誰《だれ》か知らない⁉」

目の前に王女がいようと忙《いそが》しすぎて構っていられないのだろう。次々と飛び交《か》う指示と怒号《どごう》に、ここは戦場かしらと本気で思う。

「さ、フェリシア様。次はボディオイルを塗《ぬ》りますから、こちらにいらしてくださいね」

ジェシカに手を引かれて、バスローブ姿のまま簡易ベッドに連れて行かれる。頬がまた引きつった。入浴時にも色々と肌《はだ》の手入れをされたのに、まだ何か塗るらしい。

(え、結婚式ってこんなに大変なものなの？)

前世では結婚する前にこの世とおさらばした身だ。詳《くわ》しくは知らないけれど、絶対ここまでではないと思っている。

今さらになって一国の王子と結婚する実感が湧《わ》いてきた。

今日の式の流れだって、結婚相手が王子だからこそのものだろう。

なぜなら王宮内の教会で式を挙げたあと——通常ならここで終わりだが——場所を移動して国民へのお披露目《ひろめ》をしなければならない。屋根なしのオープン型馬車に乗って、大行進の如《ごと》く街を巡《めぐ》るのだ。

さらに別の日には舞踏会《ぶとうかい》まで催《もよお》されるなど、お祭り騒《さわ》ぎが続くらしい。

身体《からだ》中を瑞々《みずみず》しい花の香《かお》りのオイルでマッサージされながら、フェリシアはちょっと遠い目になった。

(耐《た》えられるかしら、私……)

かなり不安だ。そもそも、国民という大勢の前に立ったことなんて、生まれてこの方一度もない。緊張《きんちょう》と不安ですでに胃の中のものが逆流してきそうだった。

しかしフェリシアの不安など関係なく、準備はどんどん進んでいく。

「さあフェリシア様、次はドレスに着替《きが》えますからね」

ジェシカが持ってきたのは、ウィリアムと二人で決めた純白のウエディングドレスだ。

最初に彼が持ってきたカタログは古かったので、丁重《ていちょう》にお返しして、渋《しぶ》る彼をなんとか説得して最新のカタログを出してもらった。が、彼はなぜか終始露出《ろしゅつ》の少ないものをと言い張ったので、結局選んだのは、流行のデザインよりも派手さに欠けるものである。

けれど、プリンセスラインのハイネックドレスはまるで花畑のように胸元《むなもと》にたくさんの花のコサージュがついていて、フェリシアの雰囲気《ふんいき》に合ったかわいらしいデザインだ。

腰《こし》の切り返し部分は、もともとはドレスと同じ白いリボンがついていたけれど、ウィリアムのその場の思いつきで淡《あわ》い紫色《むらさきいろ》のリボンに換《か》えられた。

通常、白が当然とされるウエディングドレスの中、ワンポイントとはいえ色を入れたドレス。その意味するところを考えれば、あっという間に顔が赤くなる。

「だめですよ王女殿下《でんか》。お気持ちはわかりますが、今は照れないでくださいませ。メイクに支障を来《きた》します」

「うっ……ごめんなさい」

着替え終わったあと、メイクのために鏡の前に座った自分を見て当時のことを思い出していたら、長年王妃に仕えている古参の侍女に窘《たしな》められた。

他《ほか》のことを考えようと、頭を切り替《か》える。

(そういえば今日の式、お兄様も来てくださるのよね?)

もともとは、そのためにグランカルストから来てくれたらしい。ウィリアムが招待してくれたようだが、それを素直《すなお》に受けた兄には意外性しかない。

ちなみに、王妃が瘴気《しょうき》に取り憑《つ》かれた事件以降、兄とはちっとも会えていない。というのも、家出期間中に溜《た》まった諸々《もろもろ》の用事に追われて、フェリシア自身が忙しかったからだ。

その中の一つに、あの養護院に関する調査もあった。大麻《たいま》栽培《さいばい》の証拠《しょうこ》を発見した本人だったため、手伝う許可が下りたのだ。

主犯はやはり男爵《だんしゃく》で、シスターの中にも協力者がいた。あの日消えた子どもは、どうやら王太子《ウィリアム》への告げ口を阻《はば》むために予定外に捕《と》らえられたとのことだった。

ただ、騎士《きし》団による必死の捜索《そうさく》のおかげもあって、消えた子どもは併設《へいせつ》された小教会の地下に転がされていたところを保護されたとのことだった。これは不幸中の幸いだったと、子どもの無事をウィリアムと喜んだのは少し前の話である。なお、人身売買については、助けた子どもの証言も合わせて、今後本格的な調査が行われるという。

フェリシアは、これら事件発覚の手柄《てがら》は、自分だけのものではないと思っている。勇気を出そうとしてくれた子どもはもちろんのこと、ウィリアムにも、そして兄にも――ちょっと癪《しゃく》ではあるけれど――付き合ってくれたお礼を言いたかった。なのに。

『どうせそなたの結婚式で嫌《いや》でも顔を合わせる』

そう言って、兄はフェリシアたちと王宮に戻ることを拒《こば》んだ。

(でも今度こそは、絶対、後悔《こうかい》したくない)

だから兄が帰国する前に、なんとしてでも兄を捕《つか》まえなければ。

以前のように喧嘩《けんか》別《わか》れにならないように。いや、今回は喧嘩はしていないけれど、このまま会えずに別れたら、結局後悔することは目に見えている。

だってきっと、ウィリアムと国王夫妻のように、自分たちの間にもまた、何かしらのすれ違《ちが》いが立ちはだかっているような気がしているから。

(それに、ウィルが自分の傷を堪《こら》えてまで、教えてくれたもの)

親子がどうしてすれ違うことになったのか。その最たる原因を――。

『昔、信頼《しんらい》していた人に裏切られたことがあってね』

青い空の中を、鳥が気持ちよさそうに泳いでいる。

絶好のティータイム日和《びより》。薔薇《ばら》園を望むガゼボで、その日フェリシアは、約束のハーブティーをウィリアムと楽しんでいた。

彼が淹《い》れてくれたのはカモミールティーだ。心をリラックスさせてくれる、言わずと知れた有名なハーブ。そして、初めてフェリシアがウィリアムに淹れた、思い出のハーブティーでもある。

彼はこれを淹れながら『知っていた？』と楽しそうに声を弾《はず》ませた。

——〝カモミールの花言葉の中にはね、仲直りというものがあるんだよ。ぴったりだと思わない？〟

フェリシアも笑った。本当にぴったりだと思ったからだ。

そうしてしばらく談笑《だんしょう》すると、やがてウィリアムは、自然とその話題を持ち出した。

『その頃《ころ》は特に遊びたがりの時期でね。厳しい陛下と王妃《おうひ》殿下に不満しかなくて、でも誰も味方になってくれない状況《じょうきょう》の中、一人だけ、私に親身に接してくれる家庭教師がいたんだ。その頃は私もまだ純朴《じゅんぼく》な少年だったから、私にただ媚《こ》び諂《へつら》うでもなく、ただ厳しくするでもない、兄のような存在のその人に、すぐに心を開いたよ。褒《ほ》めるべきときは褒めてくれて、悪いことをしたときはきちんと叱《しか》ってくれるから、この人は本当に私のことを考えてくれる人なのだと、次第《しだい》に全幅《ぜんぷく》の信頼を寄せるようになった。彼が言うことなら間違いはないと、なんでも言うことを聞いた覚えがあるね』

信じられないくらい馬鹿《ばか》だったんだ、と過去の自分を罵《ののし》るように、ウィリアムは自嘲《じちょう》的な笑《え》みを浮《う》かべた。

『彼は本当にすごい人だった。全く気づかせなかった。その裏で、まさか王家の滅亡《めつぼう》を企《たくら》んでいたなんて』

　ウィリアムがカップを持ち上げる。飲む手前で手を止めた。おそらくその香りで心を落ち着かせているのだろう。

『陛下も王妃殿下も厳しかったたし、ほとんど会いには来てくれなかったけれど、それでもその頃は、まだ自分の父と母なんだと心の片隅《かたすみ》では慕《した》っていたんだ。だから彼が『公務で忙しい二人に甘いお菓子《かし》でも差し入れしてはいかがですか。一緒《いっしょ》に過ごす口実にもなりますよ』『きっと気《き》が利くなと褒めてくださいますよ』と言ったその言葉を鵜呑《うの》みにして、彼から受け取った菓子を持って会いに行った。ただ——これを話すのは少し恥《は》ずかしいけれど——私もまだ子どもだったからね、途中《とちゅう》で我慢《がまん》ができなくて、一口食べてしまったんだ。ここまで言えばもうわかってしまったと思うけれど、結局その菓子には毒が入っていて、幼い私は散々な目に遭《あ》った。でもまあ、毒は別にいいんだよ。どうせ初めてのことではなかった。ただ、本当に信頼していたんだ。そんな彼に裏切られ、あまつさえ国王暗殺の片棒を担《かつ》がされそうになった事実が、何よりも心にダメージを与《あた》えたんだ』

　それからも話を続けたウィリアム曰《いわ》く、なのに国王と王妃は、関心がないとばかりにウィリアムの見舞《みま》いに来ることも、逆に騙《だま》されたウィリアムを叱ることもなかったという。

　それは、どれほどの絶望を彼に与えたことだろう。

　信頼していた人に裏切られ、そして追い討《う》ちをかけるように両親から無関心を突《つ》きつけられる。

好きの反対は無関心だと、誰《だれ》かが言った。

当時、なぜ国王と王妃がそんな行動を取ったのか、フェリシアには推《お》し量ることもできないけれど。

彼がふいにこぼした言葉を、フェリシアはこのとき思い出した。

――〝君を――信じられる存在をまた失うのだけは、もう耐えられない〟

それはすでに失ったことがある者の言葉だ。実際彼は親よりも信頼していた人を失った。

そうして、わずかに残っていた親への思慕《しぼ》も、彼はこの事件で失ってしまったのだ。

蓋《ふた》を開ければ、当時の国王と王妃は、彼らもまたその事件に動揺《どうよう》し、どう息子《むすこ》と接したものかと悩《なや》んでいただけだったらしい。それまでまともな親子関係を築いてこなかった報《むく》いが一気に降りかかったのだ。

そうやってすれ違った歯車は、今日《こんにち》まで嚙《か》み合うことはなかった。

後悔は、しているようでしていないと、彼は言った。

でも君には少しの後悔もしてほしくないのだとも、彼は言った。

（だからちゃんと、見せつけてやるわ、お兄様に）

今日は結婚《けっこん》式。大好きな人と未来を誓《ちか》い合う日。

今日この日、自分より幸せな人はきっといないだろう。それを兄に見せつけてやるのだ。

それこそが、フェリシアが考える、兄への最後の仕返しだから。

「さあ、準備ができましたよ、フェリシア王女」

鏡の中の自分と見つめ合う。そこにはもう、孤独《こどく》に翳《かげ》る子どもはいない。

フェリシアは静かに立ち上がった。

爽《さわ》やかな風が吹《ふ》き抜《ぬ》ける。

いつぶりかのヴェールが楽しげに揺《ゆ》れる。

王宮内にある教会は、聖女が祈《いの》りを捧《ささ》げる場所でもあり、古くから王族の婚姻《こんいん》を見届けてきた場所でもある。

アーチ型の吹き抜け窓の回廊《かいろう》を、侍女《じじょ》たちと共に、フェリシアはゆっくりと進んでいく。

このまま教会の扉《とびら》の前まで行けば、そこでシャンゼル国王が待機してくれているはずだ。

この世界は、さすが日本人が作ったゲームの舞台《ぶたい》だけあって、ところどころに日本の風習が混ざっている。結婚式もそうだった。

そのため赤い絨毯《じゅうたん》のバージンロードを、花嫁《はなよめ》は自身の父親と歩く。

といっても、フェリシアの父が来るはずもなく、ウィリアムが代理を立てると言ってくれていた。ならばきっと、それはシャンゼル王だろうとフェリシアは推測していたのだが。

辿《たど》り着いた荘厳《そうごん》な扉の前。

そこでフェリシアを待ち構えていた人物に、フェリシアは息を止めた。

「ア、イゼン、お兄、さま？」

まったく、これっぽっちも想像していなかった兄の姿に、驚《おどろ》きを通り越《こ》して心配した。

「お兄様？　もしかして、迷子ですか？」

兄がここにいるはずがない。いたとしても、それはこの扉の中であり、間違っても外ではない。そんな思い込みから、親切心で訊《たず》ねたのだが。

「阿呆《あほう》。誰が迷子だ。そなたの脳みそのほうが迷子になって頭が空っぽにでもなったか？」

容赦《ようしゃ》ない嫌みをぶち込まれる。けれど、そんなことは気にならなかった。

だってそれじゃあ、つまり。

「お兄様が、一緒にバージンロードを歩いてくださるの？」

「……嫌なら今のうちに言え。ウィリアム殿《どの》が勝手にやったことだ」

（ウィルが？）

その瞬間《しゅんかん》、フェリシアはようやく自分の勘違《かんちが》いに気がついた。

ウィリアムが以前、時期が来たら兄を呼んであげると言っていたのは、まさに〝今〟のことだったのかと。

兄のことで悩んでいたとき、タイミングよく兄と再会した。

でもそれは、フェリシアが家出をした先でのこと。ウィリアムにとっては意図しない再会だったはずだ。

彼は最初からこのときのために兄を呼んでくれていたのだろう。

フェリシアが独りでバージンロードを歩かないように。

フェリシアがバージンロードで寂《さび》しい思いをしないように。

(サプライズするなら、ちゃんと前もって言っておいてほしいわ)

思わず視界が潤《うる》んで、せっかくのメイクをだめにしてしまいそうだ。

彼はおそらく知っていたのだ。兄と自分の間にある誤解を。いや、兄の本当の思いを。

それを間接的にでも教えない優《やさ》しさに、フェリシアはたまらなくなった。

気づかれないよう、弱く洟《はな》をすすってから。

「嫌《いや》だなんて言ってません。よろしくお願いしますわ、お兄様！」

久々に、兄の前で笑った。心の底から笑えた。

そのとき一瞬固まった兄は、しかしぎこちなくも腕《うで》を差し出してくれる。

視線が微妙《びみょう》に泳いでいて、それにもまた笑ってしまう。

二人の準備が整うと、重厚《じゅうこう》な扉がもったいぶるように開いていく。

「ねぇ、お兄様。あのときの答えを、今お伝えしますわ」

徐々《じょじょ》に露《あら》わになる教会の内部は、厳粛《げんしゅく》な雰囲気《ふんいき》に包まれていた。ステンドグラスから入る光が幻想的《げんそう》で、この世のものとは思えないほどに美しい。

「わたくし、後悔《こうかい》なんてしてません。お兄様の妹に生まれたこと、今なら誇《ほこ》りに思います」

――〝余からも問題を出そう。一問だけだ。……そなたは、後悔していないか？〟

その問題を出されたときは、いったい何をもって後悔というのか、それがわからなかった。

でも今なら、伝えるべき言葉が悩まなくても出てくる。

「わたくしは幸せです。今まで守ってくれて、ありがとうございました」

「……」

「今度はお兄様が自分の幸せを見つけてください。できればわたくしと違って、お兄様のそのわかりにくい愛情表現を理解してくれる人だと、わたくしも安心です」

扉が完全に開き切る。大勢の参列者が出迎《でむか》えてくれる。

正面には壮大《そうだい》なパイプオルガンが見えて、その下、バージンロードの終着点に、一番愛《いと》しい人が待っている。

「さあ、行きましょう」

小声で兄を促《うなが》した。

ふ、と。兄は口元をわずかに緩《ゆる》ませて。

「まさか、最後の最後で一番嫌な仕返しをされるとはな」

一歩、足を踏《ふ》み出す。

「兄不孝な妹を送り出せて、やっと清々する」

はいはい、と相変わらず嫌みを口にする兄に呆《あき》れる。

けれど、そう言ったときの兄の瞳《ひとみ》が、昔のように優しげだったから。なんだか幼い頃《ころ》に戻《もど》ったみたいだった。懐《なつ》かしい。やっと、兄と本当の意味で向かい合えた気がした。

ゆっくり。ゆっくり。花婿《はなむこ》の許《もと》へと進んでいく。

今日のウィリアムは、純白のフロックコートをしっかりと着こなし、胸元《むなもと》には新緑色のポケットチーフを挿《さ》している。

それが自分の瞳の色だと知っているフェリシアは、胸がそわそわして仕方なかった。

「……フェリシアを、頼《たの》んだぞ」

兄からウィリアムへと、フェリシアの手が渡《わた》るとき。

不承不承に兄が呟《つぶや》いた言葉は、ちゃんとウィリアムに届いたようで。

「もちろんです。ですから、これでもうなんの心残りもなく妹離《ばな》れしてくださいね」

瞬間、アイゼンの瞳に剣呑《けんのん》な光が宿ったような気がしたが、フェリシアは見なかったことにした。仲が良いのか悪いのか。いまだにわからない二人である。

ウィリアムの手を取って、二人で主祭壇《さいだん》の前に並ぶ。すると。

「サ、サラ様……？」

「えへへ」

本来なら神父がいる場所に、聖女であるサラがいた。

「サラがどうしてもって言ってね。それに、聖女が祝ってくれるなんて最高だろう？」

ウィリアムに耳打ちされて、吹き出すように頷《うなず》いた。

ドレスといい、神父といい、伝統はどこへやらだ。

少し前までは、結婚式《けっこん》なんてただの儀式《ぎしき》だと思っていた。ウィリアムと一緒《いっしょ》になれるのなら、なんだっていいと思っていた。

（でも、こんな結婚式なら大歓迎《だいかんげい》だわ）

サラが誓《ちか》いの言葉を読み上げていく。

もっと緊張《きんちょう》するかと思ったのに、案外問いかけに対する答えはするりと出た。

病《や》めるときも、健《すこ》やかなるときも。愛し、敬い、慈《いつく》しむことを誓いますか？

「誓います」

だってそれは、もうすでに心に決めていたことだから。

ウィリアムが、そっとフェリシアのヴェールを上げる。

数秒、特に計ったわけでもないのに、自然と互《たが》いに見つめ合っていた。どちらからとも

なく微笑《ほほえ》みをこぼす。

「ねぇ、フェリシア。二人で一緒に幸せになろうね」

「ええ、もちろんですわ」

「君だけを愛してる」

「私も、愛しています」

ステンドグラスの神秘的な光が、重なった二人を照らしていた。


王太子夫妻の結婚式は、それはそれは素敵《すてき》だったと瞬《またた》く間に国民の間に広がっていく。

二人の結婚式に憧《あこが》れた恋人《こいびと》たちが、それを真似《まね》るのは必然だったのかもしれない。

以降、純白こそ伝統と重んじられ続けてきたウエディングドレスに、差し色を入れるカップルが急増した。

「新たな伝統、ここに始まる——か」

祝福の鐘《かね》の音が鳴り響《ひび》く中、白髪《はくはつ》と見紛《みまが》うほど綺麗《きれい》な銀の髪《かみ》を靡《なび》かせた男が、幸せそうに寄り添《そ》う王太子夫妻を遠くから見つめている。

「ふふ。まさかこうも手強《てごわ》い人間がいたなんて。なかなか楽しませてくれますね、姫君《ひめぎみ》は」

ゆらりと、男の周囲をモヤが囲んでいる。その口元は歪《いびっ》な弧《こ》を描《えが》いていた。

国中を包み込むお祭り騒《さわ》ぎは、まだまだ始まったばかりである。

あとがき

皆様《みなさま》お久しぶりです。2巻ではページ数の関係であとがきを書けなかったので、今回は意地でも書けるようページ数調整を頑張《がんば》った蓮水涼《はすみりよう》です。興味のない方には申し訳ございませんが、やはり皆様に感謝の意を伝えたく、ご容赦《ようしや》くださるとありがたいです！

さて、このお話も3巻となりました。2巻からはｗｅｂにない完全オリジナルなので、皆様に新鮮《しんせん》な物語をお届けできたかなと思っております。特に本巻ではお兄《ア》ち《イ》ゃ《ゼ》ん《ン》が活躍《かつやく》しており、フェリシアとお兄ちゃんの関係の変化を楽しんで頂けたら幸いです（個人的にはウィリアムとお兄ちゃんの攻防《こうぼう》もお勧《すす》めですけどね！　笑）。

担当I様とは、お兄ちゃんのトークで盛り上がりました。こうして楽しく執筆《しつぴつ》できているのもI様のおかげです。いつもありがとうございます。また、続けてイラストをご担当くださったまち先生、本巻でお兄ちゃんも描《えが》いてくださってありがとうございます。案をもらったとき「これは……！」としばらく興奮が収まらなかったです。そして校正、デザイン、印刷、営業等本作の出版にご尽力《じんりよく》くださった皆々様《みなみなさま》にも、心からお礼申し上げます。

蓮水涼

「異世界から聖女が来るようなので、邪魔者は消えようと思います3」の感想をお寄せください。
おたよりのあて先
〒102-8177　東京都千代田区富士見2-13-3
株式会社KADOKAWA　角川ビーンズ文庫編集部気付
「蓮水　涼」先生・「まち」先生
また、編集部へのご意見ご希望は、同じ住所で「ビーンズ文庫編集部」
までお寄せください。

異世界《いせかい》から聖女《せいじょ》が来《く》るようなので、
邪魔者《じゃまもの》は消《き》えようと思《おも》います3

蓮水《はすみ》　涼《りょう》

角川ビーンズ文庫　22858

令和3年10月1日　初版発行

発行者――――青柳昌行
発　行――――株式会社KADOKAWA
〒102-8177　東京都千代田区富士見2-13-3
電話 0570-002-301（ナビダイヤル）
印刷所――――株式会社暁印刷
製本所――――本間製本株式会社
装幀者――――micro fish

本書の無断複製(コピー、スキャン、デジタル化等)並びに無断複製物の譲渡および配信は、著作権法上での例外を除き禁じられています。また、本書を代行業者等の第三者に依頼して複製する行為は、たとえ個人や家庭内での利用であっても一切認められておりません。

●お問い合わせ
https://www.kadokawa.co.jp/（「お問い合わせ」へお進みください）
※内容によっては、お答えできない場合があります。
※サポートは日本国内のみとさせていただきます。
※Japanese text only

ISBN978-4-04-111864-1 C0193　定価はカバーに表示してあります。

©Ryo Hasumi 2021 Printed in Japan